星期天日式火锅餐厅

일요일 스키야키 식당

[韩] 裵琇我 著
孙鹤云 译

上海译文出版社

星期天日式火锅餐厅

那天，马和妻子原本说好要去吃日式火锅。

马的妻子站在一边，咬着嘴唇，片刻之后便抽泣起来。马将手伸向床边，对准垃圾桶，缓慢地弹着烟灰。他懒得起床，呆望着烟灰在空中散碎、飞扬，散发出难闻的气味，身下的床单上，猫的尿渍斑斑点点。

“怎么啦?”马厌烦了妻子抽泣的样子。

“没钱。”

“妈的。那有什么可哭的!”

马的妻子叫顿敬淑，体重七十多公斤，不过，与其说胖，不如说健壮。她挪动着健硕的身体，刻意地慢慢将洗衣机里的衣服拿出来。

“那有什么可哭的，妈的。”马又一次重复嘟囔着。他想说点其他的话，但脑海中一片混沌，最终只是让自己五十五公斤的瘦弱身躯挣扎着翻了个身，一边想象着，甜美的木鱼花汤中，香菇的味道令人窒息。妈的，可是没钱。

顿敬淑懒洋洋地用手掌抹了把鼻涕："还有，我们今天不能出门。"

"为什么？"

"我唯一能出门穿的衣服还在洗衣店里，皮鞋只有掉了底儿的，头发也很久没去美发店弄了，看，像不像疯女人抓乱的一团麻。这个样子让我怎么出门？"

顿敬淑的话没错，她的胸部被破旧的棉内衣紧绷着，腹部的赘肉松懈下坠，在衬裙下面，若隐若现的大腿肤色微微发红，看起来富有弹性，却结实得有些可怕。然而，她小腿则与身材不符，短且细，构成了某种滑稽的对比。

她用那纤细的小腿，在狭小的房间里优哉游哉地到处晃，嗖地抽出马叼着的香烟，放到自己嘴上，似乎是在为没钱而向马示威。马不太高兴，想踢她一脚，但又觉得麻烦，于是改变了注意。

"还有啊，今天有客人来。"

"客人？"马有些惊讶，谁会愿意来这样的地方？

"所以你穿上点衣服吧，别露着你那可怜的青蛙鸡鸡逛荡了。"

"哼。到底是谁啊？你那么在意，真反常。"

马挠着胳肢窝，以极其不耐烦的姿势坐了起来，他全身赤裸，腋下散发出一股骚味儿，顿敬淑只穿着内衣。

"你前妻。"

“什么？”

“你聋了？你前妻来电话说今天要来做客。”

“这个婊子。那你就让她来了？”

马很少这样生气地爆粗口，心里十分紧张。

“好不容易是个星期天，就那么浪费了？”

马的嘴角留着黏糊糊的吐沫痕迹，自从遇到交通事故，马一紧张就会不由自主地出现这样的症状。

“你又不工作，有什么好不容易的。”

顿敬淑从晾衣绳上拽下一件连衣裙，衣服上印着花哨的热带花纹，她把裙子从头上套下去，又找来根皮筋将头发扎起来。马把被子拉到腰部，干燥的嗓子里发出咯咯的响声。

“几……她说几点来？”

“三点。”

“这，现在不就是三点嘛。”

“所以说不能出门。”

话音未落，门厅就传来了叮咚的铃声，顿敬淑咕咚咽了口唾沫。

“到了。”她转过身去开门。

“哎，她说为什么来这儿了吗？应该没什么需要来这儿的事儿吧，不是吗？你得弄清楚才能见面啊。”

马在叫嚷的时候，马的前妻已经在门厅脱鞋了。

“你好，前妻。”马尴尬地打了个招呼。

“名字都忘了啊。”马的前妻对杂乱无章的房间并不感到惊讶。

顿敬淑把沙发上的脏衣服收起来，被打扰的猫怒视了她一阵，溜走了。尽管散发着呛鼻的腥臊味儿，但马的前妻也只能坐在那里了，否则就只有马躺着的床，但前妻并不太愿意坐到床上。

“丝袜上有刺绣啊。”顿敬淑偷偷地瞄了一眼前妻的腿，感叹道。

“身体怎样？”前妻虽然明显有其他事情，但仍有礼貌地问马。

“挺好，托你的福。”马回答的时候，一侧的脸开始扭曲痉挛，粘在嘴角的口水越流越多。这证明了马在说谎，但他抿着湿湿的嘴唇笑。

“我挺好，就像你看到的，也不孤独。”

“孩子们都挺好的。”

“我问了吗？”

“老二明年上学。知道吗？”

“你难道让我交学费？”

“我的意思是，入学典礼的时候，哪怕一次，你作为父亲……”

“收回吧。”

“老二以前总愿意跟着你。”

“哪来的新招儿？入学典礼，还有半年呢。你过来就为了说这个？”

“好吧，我想到了你会拒绝，但是孩子们实在看起来太可怜，所以我才来这儿。孩子们在生日那天一直等你的电话，我不知道该对孩子们说什么，不知道该怎么解释你变成这样，我简直要疯了。”

“那我不太清楚，但又看到你的屁股，很高兴啊。”

“真是，真是，你真没品位。”前妻为了隐藏失望的表情，故意假装看向窗外。

“出事故之前，你不是这样的。你忘了吗？我们曾经有多么幸福。”

“我现在更幸福。”

“你把我们都推向地狱，然后你竟然自己幸福。”

前妻也许想以尽量轻松的方式过来串门，但当她再次看到马的那副德行，似乎无法压抑心中涌起的怒火，他可是自己曾经爱过，并且步入结婚殿堂的人。前妻把头扭向一边，而顿敬淑正靠在沙发上望向这里。狭小的房间内，三人的视线到处混乱地交织，呼呼的喘息声显得更加明显。

“你去吧。”顿敬淑慢腾腾地说。

“孩子们不是说想爸爸嘛。要不是没办法，还会来这儿？你就没有点同情心？”

“肿油口水（总流口水）。”

顿敬淑不得已把猫用的碗拿给他，马像浑身打冷战一样颤抖着，吐了口唾沫。

“所以不想去？”顿敬淑催促着。

“是，不想去。”

“你再考虑一下吧。”

“别指望我了。”

顿敬淑向前妻耸了耸肩膀，表示自己已经尽了全力，然后说：“看吧，没办法。”

前妻从座位上站起来：“我现在没法再忍了，我会跟孩子们说，爸爸已经死了。这样要好上千百倍吧，这也是对孩子们好。谁都不能骂我。”

“那你现在就滚蛋。”

“以后就不会再见了，孩子们就不用说了，也包括我。”

“哼。”

“我诅咒自己曾经认识过你。你这个猪……猪一样的人！”

“费半天劲就想起这么一句话骂我？”

顿敬淑把前妻送到门口，安慰说：“理解一下吧，因为太饿了。”

“两年前他还是国立大学的教授。”

“是啊，不知道以前怎样，但现在有点……”

“不光这些，他以前真是个绅士。”

“现在说这些有什么用啊。”

扎起来的头发有点痒，顿敬淑把手指伸进头发里挠了挠，头发上挑，额头上露出了几道深深的皱纹。

“那个什么……你有钱吗？”

“嗯？”

“他一饿就会说些言不由衷的话，今天还说想吃日式火锅来着。唉，真是的，要摸到点钱还得等半个月呢。”

“日式火锅？”

“是的，有蘑菇的那种。”

“他原来就喜欢吃那个。”

“看来还没忘记饮食习惯。”

“钱，我给你。”前妻翻了翻包，把现金凑在一起。

“只有这些了。”前妻把钱包里所有纸币都拿出来，递给了顿敬淑。

“这些足够了，别担心。我们知道一家便宜的餐厅，在市场那条街，路边摆着桌子，上面放着日式火锅。说是餐厅，其实跟露天小摊没什么区别。不知为什么，他把那儿叫星期天日式火锅餐厅，非常喜欢那里。”

前妻茫然地站在楼梯出口，泪水似乎在眼里打转儿。

“孩子们要是知道爸爸是这个样子，会说什么？老幺现在要上学了……那孩子别提有多漂亮，总是提起爸爸……”

“我看到一个女的在拿孩子做借口勾引人。”

“你说什么？”

"我是妾吗？不要有点钱就想在这儿说三道四。他是我的老公，现在！以前也许是你的老公，但现在是我的老公。你以孩子为借口，总找过来，那我怎么办？我们也在经营家庭，虽然也许在你眼里，我们看起来什么都不是。所以，现在收回你那些没用的手段吧。"

"你怎么……能这么说？我只是……我不是事先给你打电话求得原谅了吗？"

"都是同样的手段而已。对了，要是孩子父亲的这副熊样让你想流泪的话，每次来的时候，钱留得厚点啊。你看不到我们生活很艰难吗？你的前夫，只是个表面的知识分子，跟我结婚后一分钱都没赚过。听说以前很能赚钱？那些钱分给我们一点也不错啊。"

"钱，我带来的全给你了。我抚养着孩子，前途一片黯淡。你竟然那样低俗地谈钱……我不知道孩子父亲为什么跟你这样的女人结婚。他疯了，否则就没法解释。知道他为什么连家人都假装不认识了吗？就是因为你。你这个肮脏的……"

"干什么呢，还不赶紧走。"顿敬淑额头皱纹耸立着喊道，抓起走廊角落的一块砖头，作势要扔过去。"赶快滚，你这只母鸡，还钱的事儿你最好做梦都别想。"

前妻的脸上飘过一阵恐惧。

"快走，快点。你以为穿着那样的丝袜过来勾引，我老公就会点头？你们这些婊子都一样，再穿个尖头皮鞋晃悠得了。"

前妻的眼里闪着泪花。

顿敬淑挥舞着胳膊，只看那姿势就能感受到强大的压迫感。终于，前妻的身影消失在楼下，顿敬淑满意地将砖头放回角落，转过身来："这就对了，对付这些人有别的办法吗？胆小鬼们就会说。"

顿敬淑掸了掸手上的灰。

"不起来吗？"

她回屋后，马仍然以同样的姿势躺着，嘴边被吐沫覆盖，眼睛半闭着睡着了。顿敬淑一下掀起马的被子："嗨，我问你起不起来！"

"起来干吗，只会让肚子更饿。"

"你不是说想吃日式火锅吗？"

"没有钱啊。"

"刷牙穿衣。咱们出门，去吃日式火锅。"

"你有钱？"马喜出望外地坐了起来。

"借的。"

马伸手去拿塞进沙发缝的裤子，但是太远了，他尽力去够，胳膊突突发抖。顿敬淑拿起抹布，粗暴地擦了擦马的嘴，成团的口水处留下了黑色的斑点，那块抹布平时也用来擦那个生了黑锈的水池子。

"星期天日式火锅餐厅。"

"好。"

马咧开嘴，发出咕咕的声音，咂咂嘴，吸了吸口水。顿敬淑在刚从洗衣机拿出的衣服中找到马的衬衫。衣服还没干，马并不在意。

肚子饿了，马走得有些踉跄。

“想吃什么就吃什么，这样活着才行，死了就什么都没了。”马嘟囔着。

“啊，又臭又脏的东西。”马一挠头，油油的头皮屑大块大块地掉到地上，发出嘣的声音。

顿敬淑啪啪啪地拍打着马的后背：“去餐厅的话，把你那不像样的脏兮兮的声音收起来啊。再有一次就别想吃日式火锅。”

“想吃什么就吃什么，这样活着才行……啊，流口水了。”马的嘴咧得更大，呵呵笑了。

猫从房间角落窜出来，一边翻弄，一边舔着马的头皮屑。

饺子，牛百叶奶酪

在二十三岁那年，马的前妻朴慧田遇见了马。二十四岁的时候，她大学毕业与马结婚。因此，朴慧田一次都没有工作过，或者通过劳动赚过钱。朴慧田也不是在很富有的环境中长大，性格中也没有对上班特别敏感。在上学的时候，她的性格就是不好不坏的中间性格，那时的同级生都不能明确记起她的模样。朴慧田的身高和体形也是平均尺寸的中间类别，这个中间，不是指看起来非常美的标准类型，而是似有非有、不太引人注意的“中间”。

朴慧田的父亲是个出租车司机，母亲在郊区开了家小杂货店，两人勤奋诚实，虽然没有十分富足，但家境也并非饱受贫穷煎熬。朴慧田性格中庸，不是特别固执，也不是特别喜欢华丽的东西，没有跳舞唱歌等与众不同的才能，也没有什么特别的情趣。朴慧田的外貌也一般，虽然当模特或演员不太现实，但也不至于为了与马这样的男人结婚而去做整形手术。因此，朴慧田是一个外表、性格与人生相符的女人，没有特别幸福，也没有切实的悲伤经历。

如果没有跟马结婚，朴慧田应该在银行或合作社上班，上点年纪之后，假使能攒点钱，还可以在图书馆开个小卖部什么的。因为与马结了婚，她什么都没做，只是生了两个孩子。

她爸爸颇以自己女婿是国立大学教授而自豪，逢人便不加掩饰地炫耀。比如类似这样：“你好！今天天气太好了。哎，看您背着书包在大学前面打车，应该是大学教授吧？哎呀，我女婿在国立大学教书。就是教授，正式教授哦！嗯，是我亲女婿。女婿的话当然是亲女婿啦。我都这样大声叫他，呀，马，过来喝一杯！啊，乘客您不是教授啊？是卖参考书的？哎呀，对不起啊。卖参考书，这也是个不错的职业啊。嗯，当然啦，最近做生意是最好的。做多少就有多少回报。”

朴慧田至今认为，自己和家人的不幸就来自那碗放了牛百叶的饺子。

大孩子得了流行性腮腺炎，到医院看病，马回家很早，吃了大虾海带汤、黄瓜泡菜和米饭，胃感觉有些胀。马本就是干瘦体形，再加上消化不好，饭量一向不大，但偏偏那天，他说有点饿，一回家就催着赶快吃饭。朴慧田和大孩子从医院回来没多久，虽然有些心烦，但还是淘米做饭。马只吃新做的东西。趁马吃饭的时候，朴慧田还得去保姆家把小孩子接回来。

大孩子哭闹着喊疼，马则把袜子脱掉搭在沙发上，坐在餐桌前大口吃饭。他脱了外套，解开了衬衣扣子，每次吞咽，瘦骨嶙峋的肋条都一耸一耸的，只有肚子鼓溜溜地凸出来，有些吓人。

即便如此，马还是说饿，没有停下筷子。朴慧田突然觉得他很可怜，这样的感觉，在婚后生活中可能是第一次出现。马原本是个怎样都不会显得可怜的人，朴慧田很想摸着他鼓鼓的肚子和瘦削的肋骨，对他说句“吃这么快不会噎着吗，喝点水慢慢吃吧”。但是，要付诸行动，她就变得害羞起来。对他们夫妇来说，那种无缘由的亲密并不熟悉。

见朴慧田怔怔地站在那里，马停下筷子问：“干什么呢，不是说要接孩子吗？”

于是她慌忙出门，围上围巾，又把大衣领子竖起来，但秋天的风还是很冷。

保姆家仅隔一个街区，在路上，朴慧田陷入了沉思：我没有道理觉得他可怜，虽然他在外辛苦工作会感到很累，但我在家也要劳作，辛苦程度并不亚于他。我要照顾孩子，为他做饭，打扫房间，替他给他的亲戚打电话问候，还要为他清洗拖鞋、养金鱼、清理猫毛。最要命的是孩子们！孩子们在任何时候都是问题，要监督他们写作业，给他们看电影，送他们去野营。虽然他认为我在家里总是无所事事，不知道我如何打发时间，但实际上我也很忙，做着有意义的劳动，他似乎完全没有认识到这个事实。今天也是这样，一直劳动，没有所谓的下班时间，而且总是在加班。他只要下班回了家，不就是国王了吗！我想，有必要向丈夫堂堂正正地提出要求，说“我也在努力劳动，因此也有休息的权力”。一个心理学家曾在电视上说过，没有必要因为依靠丈夫的经济收入生活而有什么压力。还说什么……首先要做的事是什么来着……“关于钱，要有理直气壮要求的权利”，还是“我也有买皮草大衣的权利”？……啊，忘了件事。他来过的事儿刚才应该跟老公说，可能他会再打电话吧，我现在只需要集中精神去保姆家接孩子就行了。哎哟，已经到这个时间了，保姆可能要发脾气了，我说好最晚七点钟接孩子的，我最好还是不要说，因为老公催促，我做完饭才迟迟出发的。那样的话，她可能会把我看成伺候老公的女人。那可不行。嗯，当然了。

朴慧田脑子里各种各样的想法交织在一起，纷乱复杂。到保姆家门口按下门铃，保姆嘴里嚼着东西出来了，可能正在吃晚饭。

“晚了啊。孩子在那个房间玩呢。没有生病，也很听话。没有找妈妈。”

朴慧田已经好几次把孩子拜托给保姆，所以孩子们算是比较熟悉了。她解开围巾擦擦额头上的冷汗。

“风很冷，你怎么还出那么多汗。是不是哪儿不舒服？”热情的保姆拿来毛巾，担心地问。

“没有，不好意思迟到了。事情结束得晚，所以……可能是因为中午没吃饭就跑医院吧。孩子爸爸又下班早，所以忙得不行。”

保姆的热情让朴慧田的心软了下来，将事实和盘托出。

“哎呀。孩子爸爸们是这个世界上最糊涂的人，他们不知道吃完饭再回家就是帮忙。对了，你中午没吃饭肚子一定很饿。吃个饺子吧，味道很好，刚买回来，还热乎呢。”

保姆拿来盛在盘子里、还冒着热气的饺子，小孩子拽着朴慧田的裙子。

“妈妈，爸爸回来了吗？我想回家。”

“嗯，爸爸在呢，咱们现在回家吧。”

虽然话是这么说，但朴慧田的目光却停留在饺子上，她已经饿得快要头昏眼花了。冒着气的饺子怎么看起来那么香？朴慧田伸手从保姆端着的盘子里拿了一个饺子。“小心点，还很烫呢。”

饺子第一口的味道很香，让人垂涎欲滴的香软饺子皮在朴慧田唇齿间裂开，洋葱、白菜、牛百叶、融化后嘀嗒流淌的奶酪，还有用胡椒腌好的三文鱼，破茧而出，涌到朴慧田的舌尖上。“第一次吃到这种味道。”朴慧田感觉。

“从没吃到过这样的饺子，哪儿有卖的啊？”她背起哭闹的小孩子，问保姆。

“这下面新开了家小吃店，在挂车里卖食品。我也是今天第一次吃这种饺子，奶酪和牛百叶馅儿的，很特别吧？”保姆亲切地帮朴慧田重新系好围巾。

“是啊，我也这么觉得。”

出门之前，朴慧田毫不羞涩地从盘子里拿起剩下的最后一个饺子吃了，味道好得让人打冷战。朴慧田咂咂舌头，再多品品那个滋味，这是她所知道的味道中最有诱惑力的。

“可能是因为我饿了吧，所以才会那么意乱神迷。如果肚子很饱，就不会对那个饺子这么中意。”从保姆家的胡同出来，看到悬挂“饺子，牛百叶奶酪”牌匾的挂车餐厅，朴慧田这样想。

但是，她很难抵挡那种又香又甜又温暖的诱惑，掏出钱包里所有的钱买了饺子。回到家，一开门，小孩子就朝瘫坐在楼下沙发上的马跑去。平时就算再累，马也不会觉得小孩子撒娇很烦，但那天不太一样，小孩子缠着他不停叫着爸爸、爸爸，但他装作不知道，在那里哼哼唧唧。

“手里拿的什么？”

马用贪婪的目光望着朴慧田手里的饺子。

“饺子。”朴慧田简短地回答。

“正好有点饿，把它拿过来。”

马从沙发上起来，把小孩子推到一边，朝饺子走来。

“等一下！装到盘子里蘸着酱油吃吧。你今天晚上没吃饱吗？”

朴慧田还没说完，马已经拿起饺子开始吃了，边嚼边发出吧唧吧唧的声音，由于塞得太多，饺子和唾沫搅在一起形成的糊状物，从嘴唇间露了出来。

“等一下，奇怪啊，你那么饿吗？”

“不知道为什么，总觉得饿。”

好不容易买回来的饺子，朴慧田只勉强吃了一个，她只是对丈夫奇怪的食欲感到惊讶。“马总是对自己身材太瘦感到不满，所以他会不会为了增肥服用了食欲增进剂之类的东西?”睡觉之前，朴慧田想了一会儿。

那天晚上还没过午夜，马就从床上起来开始打滚儿，咯咯地打嗝，额头和脑袋全是汗，窒息似的不停咳嗽，最后都咳出了血。嘴唇像死了的家鼠一样，肿得丑陋吓人。

朴慧田因为大孩子的流行性腮腺炎很晚才躺下，还没睡着就被这突发的变故弄了起来。她找来了消化药，又帮他冰敷，还给他吃了催吐剂，但马丝毫没有好转。他抓着卫生间的马桶沿，为了把饺子吐出来，肠胃都拧翻了，但是，一直折腾到凌晨，饺子里的牛百叶还是贴在内脏壁上，仿佛在享受马的痛苦。黎明时分，马终于精疲力尽，流着眼泪倒在卫生间被弄湿的地板上。朴慧田叫了救护车。

就这样，马被送到医院，住了一周。最初，有的医生说是疝气，也有医生说是急性胃痉挛。从过敏性肠炎到胃肠管过敏，从过敏症、癫痫、其他痉挛发作，再到肺囊虫，医生们推测出很多原因，但最后什么都没查出来，马只是被认为患了不明原因的痉挛和腹痛，理由是暴饮暴食。是饺子有问题吗?但是吃饺子的不只马一个人，保姆也吃了，朴慧田也吃了，马除了吃得多了一些之外，和她们没有区别。但不管怎样，朴慧田决定再也不吃牛百叶或饺子之类的东西，一周之后，马腹痛平息，朴慧田让马出院了。

大孩子的流行性腮腺炎已经痊愈，似乎都忘了曾经得过，而孩子们对爸爸生病，甚至爸爸也会生病这件事感到十分吃惊，他们明显受到了打击，以至于都忘记了用自己的小病来撒娇式地“折磨”朴慧田。

马出院的那天下午，朴慧田难得清闲，在洒满阳光的洗衣间窗边，支上熨衣板熨衣服。夕阳将院子和洗衣间映上一层蜂蜜色，孩子们在二层楼上玩耍，马在卧室睡觉。住院之后，马几乎没怎么吃过东西，身体十分虚弱。以前他也非常瘦，但现在就剩下荒漠苦修者似的肋骨了。在医院接受治疗后，马的腹痛平息了，为了给他补充营养，朴慧田炖了浓牛肉汤，但是，马害怕牛百叶味儿，他把牛肉汤彻底搅拌，用勺子盛上一点，喝了几口。

“你去哪？”朴慧田正在熨马的衬衫，回头突然发现，马像骷髅一样站在那里，衬衫扣子都没系好，惊讶地大声问道。

“理发店。”

“你身体这样能行吗？头发是有点长，但对病人来说，这不是很重要吧。你首先得把身体状况稳定下来，医生也这么说。”

“医生知道什么。我的身体我更清楚。我那天吃得太多了，只要不暴食就不会有任何问题。其实我一动不动躺了这么久，很想呼吸点新鲜空气，散散步，稍微动一动不也是有好处的嘛。”

“那你等一下，我把这些熨完跟你一起去怎么样？”

朴慧田说完后，突然哎呀一声，发现自己光着的脚上，没涂指甲油的趾甲粗糙不堪，头发别说修剪，好几天都没有洗过，还有，从医院回来后，妆还没有卸，脸上的妆都花了，想到这些，朴慧田真是要疯了。马在医院期间，朴慧田确实忙得不可开交，这会儿，她完全没想到需要出门。

“我没事，你不用管了，又不是什么要命的病。”

“那你小心点，那个……我有件事要跟你说。”

朴慧田话还没说，马已经出了门。她想说，一周前，就是马突然腹痛的那天下午，马的朋友白斗渊曾经来过。白斗渊是马的高中和大学同学，现在也是关系很密切，但随着年龄增长，他们各自在不同的城市结婚，在不同的领域工作，能见面的机会非常少。白斗渊身材高大，指甲总是打理得很干净，牙齿更是洁白得有些炫目。他的体形与马不同，结实程度让人惊叹，看起来好像有钢铁一样的胃肠，牛百叶饺子之类的东西吃上一百个也不会有问题，但同时，他也绝对不是那种笨重或看起来很夸张的身材，虽然他的表情有些生硬，但也有人认为，仔细看会觉得很庄重。

朴慧田最喜欢的一点就是，白斗渊长得既威风又很知性（马虽然也是大学教授，但绝对不是这个风格）。这样的人和自己丈夫是好朋友，朴慧田感到很高兴。

白斗渊好久没来首尔办事了，那天正好想看看马，就心血来潮，顺路去了马家，但马还在大学里没有回来，也没有接电话。白斗渊感到很遗憾，让朴慧田转达说，自己没有时间，现在就得回去，办公室电话换了，马回来的话，希望他跟自己联系。朴慧田那天没有告诉马白斗渊的电话号码，有孩子生病的原因，最终还是因为马的腹痛，那天晚上实在是出奇地混乱。

朴慧田从鞋柜抽屉里翻出白斗渊的电话号码，想着一定要告诉马。真不知道为什么总是这么健忘，分明那么使劲儿去记了。朴慧田摇摇头。

那天黄昏时分，家具店的卡车司机发现了马，当时，马正从理发店回家，司机看到他的时候，马的一半身体已经不幸地被压在卡车的后轮下面。马失去了意识，不停地狂吐着体内的东西，里面竟然有大量几乎没有变形的牛百叶，让人难以置信。据说，马失去意识后，嘴里似乎还在咕嘟咕嘟地冒着一团团的牛百叶。听到了那个消息的时候，朴慧田正在梳头，所以，她始终没能把白斗渊来过的事情告诉马。

母系社会

“男人这个人种，根本就是在哪方面都没用！不管老的少的，有文化的没文化的。”顿敬淑把抹布扔到浴池中间，大喊着，一副怒气难消的样子，气得直喘粗气。在顿敬淑宽圆的鼻梁上，汗珠涔涔地闪着油光、跳动着，鼻孔大幅度地张开、闭上，反复不停。她的眼睛用紫色眼影化了浓妆，还涂了口红，但看她的脸，与其说是个女人，不如说是化装成女人的五十岁工地工人。

“不管老的还是年轻的，都琢磨着舔女人屁股。一分钱赚不回来，还银行利息的日子都过去十天了，一丁点儿都不去想！所有人都把顿敬淑当成赚钱机器，这些可恨的人！这个饭桶！吃货！比食人族更狠毒更卑鄙的家伙！以为纠缠上我就会有什么妙招儿了？”顿敬淑浑身抖动着。马缩在床的一角躺着，他已经领悟到，在顿敬淑发作的时候，最好尽可能地缩小身体，屏住呼吸，不要出现在她的视线中。

“干什么呢，你！”顿敬淑的目光终于朝马投来。

“你说说！我说话，你不应该回答吗？为了赚钱养活你，我干活干得腰都弯了，你就没点感情？别就知道舔脏脚指头，赶紧说。这个屎一样的人！”

马吓得一抖，身体更加蜷缩，钻进被子里。马想安静地待着，想浑身流汗、在被身体污垢浸渍的被子里打滚儿，想坦然地从冰箱里拿个煮鸡蛋吃，想随便逛逛。但是很不幸，顿敬淑发作了。顿敬淑的确性格有些暴躁，但她发作大部分都是因为马，今天也不例外。

“九万元钱（韩元）是小钱啊？你一分钱都赚不回来，赚那点钱就那么难吗？你知道我一天到晚在餐厅打工，一个月赚多少钱吗？要交房租、银行利息、世源的辅导班费，还有你的药费、物业费、保险费，还得买米，买衣服，买袜子，还有交通费，你还想吃肉，吃水果。我弯腰刷一天碗，想买个膏药贴贴都舍不得，这些你都知道吗？你这个所谓的丈夫到底给了我什么？你说，你说呀！”

顿敬淑太生气了，最后几句话是尖叫出来的。

“关于那个钱，对不起。”马不得已在被子里嘟囔着说了一句。

“对不起？这就完了？说那么一句就完事了？出去赚钱！给我减轻负担！”

哐当！顿敬淑把塑料脸盆踢到浴室墙壁上，墙上破裂的瓷砖长满了黑色的霉，在那些黑色斑点之间，有红蚯蚓缓慢爬着。

“你在家游手好闲，有什么用？你打扫过一次浴室吗？男人就是在哪方面都没用，无论老的还是年轻的，都垂涎女人的钱包和裂开的屁股。”

“所以你是顿敬淑[①]嘛。”马翻了个身说道，他只是自言自语，却被耳朵灵敏的顿敬淑听到，她像老虎一样飞窜到马的床边。

“你刚才说什么？嘲笑我？就你那一分钱都赚不到的穷酸相？你嘲笑我是吧？你以为我姓顿，就得养活你这样的饭桶是吧？你竟敢胡说八道！你这个蛆一样的家伙！”

“哎呀，不是那样的。哎呀呀呀，求你饶了我吧，求你了，哎呀，我叫妈还不行吗，饶了我吧，妈，拜托了。”

顿敬淑每次拿抹布捂住马的嘴，并按他的气管，马就开始打寒噤挣扎。这个动作意味着，顿敬淑的发作到达了最高水平，而这时相当危险的是，顿敬淑可能不知不觉间做出极端的事情。马的气管被堵住，嘴被沾着尿的抹布紧紧堵着，叫不出声，只能嘤嘤哼着，就要窒息了，似乎马上就会和已故的曾祖母见面。尿味之类的东西在关乎生死的局势下，都不算什么，如果马叫妈的话，以往顿敬淑就会变得文雅些，甚至会对马很和蔼，但这次没有奏效，也许是没听见，她用抹布按气管的劲儿没有停止。马想，这次死定了。

“妈，你在干什么？”

开门进来的世源不知何时已经站在顿敬淑后面，他们家是租

---

① 韩语中“顿”的发音与“钱”相同。

来的老鼠洞大小的公寓，白天热得像桑拿房，所以门一般都开着，看来，世源是在他们吵架的时候进来的。顿敬淑的胳膊迅速收回力气，马翻着白眼，抓着脖子无法出声，在床上打滚儿。

“哦，你回来了?”

顿敬淑手里攥着刚才捂住马嘴的沾着尿的抹布，捋捋散乱的头发。世源是顿敬淑与初婚男人生的第一个，也是唯一的孩子。世源与爸爸、继母，还有继兄弟们一起生活，工业高中退学后，从家里搬了出来，在寄宿制的技术学院上学。顿敬淑赚钱为他交学费，对于这一点，她总是感到很高兴。要说没有能力，世源的父亲是个比马更差、绝对不会比马强的那种人，他是个远郊公交车司机，总是把赚的钱用来喝酒，只有钱都花光才会回家。没有酒他一天都活不下去，如果喝醉就一定会打家人，就像既定的程序，经常因为喝酒丢掉工作。顿敬淑在少女时代曾当过售票员，当时跟他结婚是因为他外貌端正，虽然现在只剩下被欺骗的愤怒，但每当看到长得像爸爸的帅气的世源，顿敬淑心里就会隐约感到喜悦。

世源真的很帅，看看那桃色的脸颊，还有丰满的嘴唇，在这样一个乞丐窝似的地方，真可惜了这个孩子，而且，年龄也正是好时候。谁家孩子能长得那么好，哪个有福气的丫头会占有我黄金般的儿子?看到世源的脸，顿敬淑心里瞬间就消了气，仿佛忘记了刚才谩骂马的所有事情。

“妈，你对叔叔干什么呢?”

“这人、那个，把应该从玻璃店得到的九万元钱……哎呀，真是无可奈何，难以启齿。”顿敬淑假装捶胸顿足，但暴跳如雷的发作早已像春雪一样消失了。

“这个饭桶整天在床上撒尿，就这么闲着，实在太让人寒心了，我就跟玻璃店好说歹说，给他找了份差事，你也知道为啥吧。这玻璃店是那个咸镜道人的儿子开的，人家也是啊，凭啥会用这样上了年纪还弱不禁风的人做劳力？我是求了情的。我说给一点点钱也行，只要给活干，再说他懂汉语，也懂英语。结果那人说了，这些在玻璃店有什么用？会骑自行车就行。就这么说的。要赚钱怎么也得会点啥才行，但那咸镜道人的儿子还挺善良，他总觉得我可怜，所以跟我约好，在玻璃店工作，第一个月管午饭和晚饭，月薪先给九万元。还说好让他只做简单的活儿，慢慢来，因为身体毕竟不正常，但这人，哎……”

说到这儿，顿敬淑擦了擦额头的汗。

“第一天就说不去上班，说玻璃店的工作不适合自己什么的。我又哄又求，还流眼泪，都没用，比死还讨厌赚钱，可他想吃好的那副馋样儿真让人厌恶。唉，他不是人，是冤家，干吗进入我的人生，这样折磨我！死了多好，要是只猪，就吃了它。”

“妈，你怎么这么说？不管怎样是你喜欢才结婚的男人啊。”世源重重地坐在马的床上说。对世源而言，这对男女的事情不管怎样，都没什么可在意的，世源在意的是，从自己妈妈顿敬淑那里要到零花钱。他从小就与顿敬淑分开，被父亲殴打，被继母折磨，吃着发霉的面包，在没有暖气的房间里睡觉，虽然这样长大，但还能长得帅气、端正。对于这样的儿子，顿敬淑总有怜悯之情，世源的要求大部分都会得到满足，世源总是会利用这一点，有钱才能跟有车的朋友一起玩，有车才能载上女孩子们，特别是住在一层的慧琳……带着那个脸蛋漂亮、胸部像木盆一样大的夫慧琳出去。朋友里有人认为夫慧琳太胖，但世源的想法不同，同学们似乎只喜欢麻秆儿型女孩，那是因为他们没摸过夫慧琳那种女孩的大腿。想起夫慧琳雪一样白嫩、有着稀稀疏疏浅雀斑、棉花团般柔软的大腿，世源的心就变得烦闷而焦急。他怎么都搞不清，夫慧琳身体里骨头都藏到哪里去了，全身都是颤颤的肉。

被子缝中露出被香烟烫伤的马的小腿，但世源被想象弄得屁股发烫，并没有在意。

“我都说了对不起了。不会有那样的事儿了。原谅我吧，妈。”马的眼睛还处于充血状态，看着顿敬淑嘟囔道。

“兔崽子，我妈怎么成了你妈。老家伙，你再说一句试试，我说过会怎样了吧！”世源并不太兴奋，挥着拳头对马骂道。

“我不是不愿意赚钱。”终于，马辩解说。

“那是为什么？”顿敬淑的声音温和了许多。

“我不喜欢玻璃店，也不喜欢咸镜道人。我不喜欢自行车，也不喜欢早起。你知道的，不是吗？”

“那你打算怎么赚钱？”

“钱你来赚就行了嘛。”

“啊，我疯了。看来我的命就是一辈子伺候这样的烂人。”

“他是妈妈喜欢才选择的人，干吗这样。”对于顿敬淑的叹息，世源傲慢地顶嘴。

“现在就别说了。也不是不知道他是这样的人就结婚的，一开始妈妈怎么说的，他是个学问很多的人，变成这样很可怜，是吧？所以现在就别说了。”

“学问，那能当饭吃？没福气的娘们没办法，不管死了还是活着，这身体就只能认命。”

顿敬淑慢慢拭去眼角的泪水，拿着沾着尿的抹布躲进浴室，马咳咳地咳嗽，世源瞟了一眼手表，他一点都不想在这有味儿的地方多待。至于顿敬淑与马这个第三任丈夫怎样互相折磨，他并不关心，他担心的只是，今天顿敬淑心情差到极点，自己还能不能拿到钱。世源有这样的资格。虽然顿敬淑是世源的亲生母亲，但在世源还不到五岁的时候，她就将他扔在一个不可救药的酒鬼、一个动不动就挥舞拳头的穷光蛋爸爸那里，自己离开了，尽管她很清楚，有个患有甲状腺疾病外加歇斯底里症、曾经是茶馆服务员的女人，会在她走后迫不及待地进入家门。世源非常清楚这件事的意义，所以今天他也轻松地吹着口哨。

马向世源投去卑屈的微笑：“那个，你有烟吗？”

“那儿不有嘛。”

世源用下巴指指烟头堆积如山的烟灰缸，烟头已经被猫尿浸湿了。

“那个没法抽了。拜托了，就给一支，今天一支都没抽上呢。”马从被子里伸出瘦削的胳膊。

“啐，妈的。”世源咂咂舌，从兜里掏出支烟给他。

“再给一支吧。”马的手哆哆嗦嗦地点燃香烟，又伸出胳膊。

“啊，什么啊。你什么时候在我这儿存烟了？整天靠诈骗我妈生活。啐，什么是教授？就是天下说谎的人、骗子！”世源边发牢骚边怒视着马。

“你今天学校休息吗？吃饭了？”顿敬淑走到水池边，洗着手问世源。

“哦，不想吃饭。不过妈妈，我约好了见朋友，需要点儿钱。”

“别这样，吃点饭再走吧。马上给你烤鱼吃，今天买了很好的青鱼。”

“饭就不吃了。没时间了，朋友们都等着呢。”世源焦急地来回晃动，从床上站起来，在屋里走来走去。

“那也是，世源啊，你想想妈妈，吃一点吧。每次就这么走了，妈妈心里会怎样？因为是妈妈的家，你才来的……”

“哼。家也得像个家样儿啊，养的禽兽个个都那么脏，到处都是尿迹。”

世源看着蜷缩在阳台上边察言观色边晒太阳的猫，还有蜷缩在床上的马，似乎有些不满地抽抽鼻子。看到这样的世源，马也帮着他说了句话："哎，给他钱让他走吧，他好像想见一层的那个大块头的胖姑娘。不是说了现在没时间了嘛。"

"什么？竟然是一层的胖子，是那个叫夫慧琳的丫头吧，她妈出轨后离婚的那家的丫头？哎，世源啊，你总跟她见面？上次我问你的时候，你不是说不是吗？这孩子，快说啊。"顿敬淑从冰箱拿出青鱼，撒上盐，正想烤，停了下来，一脸愤怒的表情。

"你又不清楚，干吗那么说？"世源脸变得通红，生气地说，"关于那孩子，你们两个都知道什么，我见谁跟你们有什么关系？还有，妈妈和叔叔不也都是离过婚的吗？为什么只挑她们家的毛病？还有，钱到底给还是不给？"

"那她妈也是搞破鞋，这样家庭的女儿，还是有些地方会不一样的。"顿敬淑虽然这么说，但从音量上来看，已败下阵来，因为在世源那可爱帅气的侧面有个地方，就在脖子上面，可以隐约看到一处硬币大小的伤疤。由于时间太久，不仔细看已经基本发现不了，但对顿敬淑来说，那就像是被打上的烙印，任何时候看起来，都巨大而鲜明。那是年幼的世源因为不听话，被继母用烟头烫伤的痕迹。虽然仍旧不喜欢夫慧琳那个胖胖的丫头，对世源却无法再提要求，这是做妈妈的负罪感和怜悯心。

"需要多少？"顿敬淑终于拿出钱包。

"越多越好。"听了他们挑女朋友的毛病，世源还没有消气儿，语气生硬冷漠。

"给你。"顿敬淑掏出一张纸币塞到世源手里，但世源仍然伸着手一动不动。终于，顿敬淑死了心，把钱包里所有纸币都掏出来给了世源。

"来，给你。还有啊，你打算在哪儿睡觉啊？时不常地来这里住吧，以前经常来呢。"

世源一拿到钱，嗖地就出门了，没有做出任何回答，那速度，比风还快。顿敬淑茫然地站了一会儿，只是眨了眨双眼。

"干吗要说那丫头啊？"马把烟在烟灰缸中掐灭，嬉皮笑脸地说。

"你，怎么知道那孩子和那丫头在交往？"

"有什么怎样的，整个楼的人都知道。"马耸了耸肩，"肚子饿了，不给点饭吃？刚才说买青鱼了？"

马咕咚地咽着口水，口水的量太多，通过喉咙花了很长时间。咕——咚——又滑又软又稠的口水在马瘦骨嶙峋的下巴和喉咙中产生，直让人起鸡皮疙瘩。咕噜噜，马肚子里又发出肠子绞扭的声音。

"刚才说买青鱼了？"马抓着顿敬淑的裙角。

"男人这个人种，根本就是在哪方面都没用……"顿敬淑对着半空自言自语，"无论老的少的，有文化的没文化的，真不知道造出男人来干什么？"

"青鱼，烤不烤啊？不烤吗？"马又拉了拉顿敬淑的裙角。

"为什么要活着呢……男人这个人种。你，知不知道我多大了？四十五岁了。你觉得我还能拖着满是脚气的脚、穿着胶皮长靴在餐厅厨房干多久？”

旁边闲逛着看人眼色的猫一瞬间跳到菜板上，叼着青鱼跑到门外去了。

圣 母 女

每周工作六天，每天十个小时以上，忙得不能抬头。而且，这是经济景气时的情况。如果没事做，只能停下手干坐着，但店租每个月就要五十五万韩元。也就是说，不是舒服就好。

虽然咬线头咬得牙缝已经磨损并裂开，而且，无数次掠过线、缝纫机针和牛仔裤边儿的手指也变得粗糙不堪，尽管如此，表贤净有一段在明洞的服装设计室做裁缝的经历，偶尔还在顾客面前担任模特，穿上新设计的衣服。

二十岁出头的时候，表贤净有了二十三英寸的腰围和又白又圆的脸，算是有了福报。当时在明洞，年龄相仿的朋友很容易找到电子产品工厂或周边公交公司经理等职位，而表贤净的职业更是相当华丽，不是那些职业能比的。所以，表贤净充满自豪，她还憧憬着，什么时候开家西装店，自己当设计师。这都是很久以前的事了。

“都打扫过了吗?”表贤净看到女儿从店铺后面的厨房里慢悠悠走出来，停下了在镜子前捋头发的动作，问道。

由于嘴里叼着发卡，说话的时候，表贤净的脸可怕地扭曲着，突出的颧骨上，黑痣像蚂蚁一样趴在上面，虽然眼睛妖艳地上挑着，但细长的眼眶里，黑眼珠小得很不正常，与其说看上去性感，不如说有些阴险。她的身材还算娇小灵巧，但肩膀好像宫中舞蹈演员似的，又窄又耷拉，没有涂化妆品的脖子和下巴一点弹性都没有，有黑痣的眼角上，皱纹交织着。

“都打扫完了。但是，妈妈……”夫慧琳双手握到胸前，想说什么，那手像戴了胶皮手套一样厚。夫慧琳是少有的漂亮少女，如果能减去至少二十公斤的肉，那么，见到她的人都会不忍心拒绝她的任何要求。可惜的是，她体重超过七十公斤，而且还在继续增加。

“竟然都做完了。刚才看下水道还粘着方便面呢，那里也都彻底清理好了吗？还有啊，房屋中介大婶拜托的衬衫送过去了吗？”

表贤净的声音没有一点水分，干干的冷冷的，看女儿的眼神更冷。她的目光像扫描一样，把夫慧琳的样子彻底观察了一遍，一寸都没落下。最后，她的目光停留在夫慧琳蓬蓬裙下带有闪光装饰的老式旧皮鞋上，那是表贤净很久以前的定制鞋。相对夫慧琳的脚来说，鞋子分明要小一些，即便如此，她还是硬穿着。鞋子本来是小巧的款式，但如今被夫慧琳的脚撑得鼓涨起来，像个大盘子。

“那个衬衫我打算回去的路上顺便送去。妈妈，晚——晚饭我得在外面吃，朋友们……”

夫慧琳最后的话在表贤净锋利的眼神下缩了回去，她尽量紧缩着脚以便不被注意到，但没有明显效果。

“也就是说，你要和朋友们吃晚饭？”

“是的，那个，只要您觉得没关系的话……”

“那就去吧，有什么难开口的？你每次说要在外面吃晚饭，我什么时候阻拦过你？”

“不是的，但是，那个……”

“说吧，我有没有阻拦过你在外面吃晚饭？”

“没有。”夫慧琳低下眼睛，像叹气一样嘟囔说。

“那你为什么那么支支吾吾、扭扭捏捏的？让不知道的人看见，还以为我要吃了你呢。”

“怎么会。”

“那个，打扫确定都做完了吧？我可看不了哪怕一根头发在厨房。知道吧？”

“是的，都打扫完了。”夫慧琳的声音逐渐减小，和她的身材很不相符。

小巧身材的表贤净用发卡将拢上去的头发固定住，然后朝女儿走去：“让我看看。”

表贤净走向比自己高出很多的夫慧琳，用手摸摸她的头发。夫慧琳条件反射地颤抖着向后退。因为恐惧，夫慧琳的眼珠像冰陀螺似的一个劲儿地转。

“这儿粘了个线头。去见朋友，头发上怎么能粘着白色的线头呢？你要到处宣扬说‘我是裁缝’吗？”

表贤净伸手摘下夫慧琳头发上的一个线头，将它在手里拿了一会儿，然后呼地吹落在地板上。

“谁？”

“啊？”夫慧琳正拿起手包，惊讶地看着表贤净。

“我在问你，跟谁吃晚饭。你听不到我的话吗？你得去趟医院了，看来你被缝纫机声震聋了。”

“不是，那个，是美静。妈妈您不是也认识嘛，她总来玩。”

“哦吼，是美静啊，她温柔又苗条，非常。”在“苗条”这个词上，表贤净使出不必要的力气来大声说。

“是的，是那个美静。”夫慧琳的脸由于失望而变得有些扭曲。

“其他孩子呢？”

“啊？”

“我问你有没有其他孩子，怎么，我太逼问你的私生活了？”

“不是，哪能那么说。”

夫慧琳做出马上就要哭的表情，弯下腰扭动着。她想去卫生间，一被母亲长时间追问，她总会出现这样的症状。

“有没有男孩子？”表贤净似乎若无其事地问道，她细长锋利的眼角更加夺目了。

“啊，对。还有美静的男朋友锡民。”

“哼！就那个在京畿道上了三流大学的笨蛋，那个说他爸爸做石油生意的傻瓜？长得就一副智商不够的样儿。”表贤净一边尖刻地说着，一边拿出包，在已经不能再浓的油花生一样的嘴唇上涂上口红。

“有没有那个叫世源的孩子？”

夫慧琳没敢回答，因为表贤净和顿敬淑关系不好，虽然说得上和表贤净关系好的人一个都没有。表贤净曾在人很多的场合叫顿敬淑“胖猪”，其理由是顿敬淑让表贤净把裙子腰围放宽点，结果因为放宽的尺寸不够而拒付修改费，这成为了两人关系恶化的根源。这是常有的是非。通常的情况是，顿敬淑隐瞒了腰围，或者裙子接缝儿没有留足余量，或者是夫慧琳没画好剪裁线，又或者是把很久没穿的裙子送到了便宜的洗衣店，结果缩水缩得不成样子……然后，整个楼就有了闲话，说表贤净离婚是因为跟自家洗衣店店员产生了暧昧。经过了解，这都是顿敬淑到处散布的谣言。为此，表贤净气得差点背过气去，但在人前还是忍住没有发飙要泼，她觉得，不管怎么说，顿敬淑当远郊区公交车售票员的时候，自己可是在明洞做试衣模特的，虽然是临时模特。顿敬淑则嘲笑说，还模特呢，什么模特啊，顶多就是个裁缝，披上客人的衣服看看号码对不对。那之后的生活就是混乱接着混乱，至少对于夫慧琳确是如此，不堪回首。

“说啊。你听不见我说话吗？”表贤净瞪着夫慧琳，催促道。那眼神，给人一种好像被毒蛇咬到的感觉。

夫慧琳缩着马上就要爆裂的膀胱，哀求说：“妈妈，世源可能也会来，但不是只和他两个人去。”

“我相信。你不是我的女儿嘛，我都那么说了，你应该不会无视我的话。不是吗？”

表贤净话音未落，裁缝铺的门开了，世源进来了。世源与表贤净的目光刚一相对，就敷衍地低下了头。

“呀，慧琳，走吧。锡民他们把车停在那儿了，那儿不让停车，没时间了。”世源尽可能地抓紧时间。

“啊，得带着这个去。”夫慧琳把一个纸袋抱在怀里，里面是给房屋中介家改好的衬衫。

“那我们走了。”世源拉着夫慧琳的一只手，看都没看表贤净。正要走出裁缝铺的时候，表贤净叫住了夫慧琳。

“你，不把这个收拾好，要去哪啊？看看这脏的，不打扫就出去玩？”

“刚才都打扫了啊……”

“什么都打扫了，你眼睛看不到那个东西吗？”

表贤净指着刚才从夫慧琳头上掉落的线头，用严厉的眼神教训着女儿。

“如果只知道玩，那不能称为人，得把自己分内的事都做完才可以。做人得知道应尽的义务，否则就和无知的酒囊饭袋没什么区别。”

表贤净边说边瞟了世源一眼，让人明白地感觉到，她所说的无知的酒囊饭袋“就是像你这样的家伙”。

世源忍住了牙缝里快要蹦出来的脏话。

“好，妈妈，我来打扫，以后不这样了。”夫慧琳忍着内急，像唱歌一样回答道。她拿来笤帚和簸箕，弯着身子开始认真打扫，表贤净抱着胳膊靠门站着。狭窄的西服店实际上只是市场里一个破旧的改衣室，但此时这里安静得只有三个人的呼吸声清晰可闻。世源夹在两个女人中间，手足无措，尴尬地站在那里。

世源气得不行，虽然知道那个母狗似的老婆子每次都不会轻易放他们走，但每次遭遇的时候，还是感到难以形容地不快。车子正停在消防通道上，去晚了锡民会生气。这个被传跟市场里所有男人都有染的老女人！真看不下去她装高尚的臭德行。

世源和夫慧琳从西装店出来，把衬衫拿给房屋中介家，已经过了电视台主要新闻开始的时间。从表贤净的视线里解脱出来，夫慧琳的脸上绽放出微笑，看起来像另外一个人。世源突然想起来，问她：“你说了吗？”

“啊啊，那个。”夫慧琳咬紧嘴唇，“没有，没法说。”

“傻瓜，为什么没法说？你那么怕干什么？想想看，没有你，你妈妈就不能做生意了？雇其他人就行了啊。”

“但妈妈绝对不会允许的，她不喜欢我远离她的视线，你不是也知道嘛。”

“妈的。那怎么办？”

因为一件已经说过几十次的事，他们又毫无意义地吵了起来。

表贤净让夫慧琳从早到晚一步都不离开西装店，却一分钱都不给她。夫慧琳已经过了二十岁，可是，就连一个十韩元的硬币，没有妈妈的允许也不能花，这样的生活太压抑了。

世源在周围闲逛的时候，听说十字路口的餐厅招聘女服务员，觉得夫慧琳应该符合条件。据说，全天工作的话，第一个月给八十万韩元的薪水，如果只在中午和晚上的用餐时间上班，就按小时结算，每小时二千韩币。世源跟夫慧琳一说，她也很感兴趣，但是表贤净会同意吗？不，同不同意还是次要的，她首先会生气。夫慧琳像害怕死亡一样地害怕妈妈，不，这么说不正确，应该是对妈妈爱得深刻，跟妈妈发生不愉快，叫她既厌恶又不舒服，妈妈心中的伤痕就是夫慧琳自己心中的伤痕。

“妈妈很辛苦地把我养大，你想想看，女人独自抚养女儿是件多么艰辛的事啊，我，我不能做。”

“你真是个只知其一不知其二的傻瓜，妈妈们都不喜欢孩子离开家，那是妈妈们的本能。你要是赚了钱给她，你妈妈也会很高兴，嘴会咧到耳朵那儿，这也是做妈妈的本能。”

“妈妈没我做不了生意，订单太多了。最近流行修改成衣，妈妈的手艺很好，你也知道吧，她曾是明洞设计师的助手，手艺是这些市场洗衣店出来的人比不了的。所以让妈妈改过一次衣服的人，都成了回头客，最近全天工作也很难保证按时完成订单呢。我当然不能和妈妈的手艺相比，但不会有人能比我更好地帮她了。所以，如果我找其他事做，妈妈会伤心的。”

“傻瓜。你妈的确是不愿意雇人，为什么？理由很简单，得付钱啊。如果你妈手艺那么好、生意那么好的话，你为什么每天穿成这样？美静在皮鞋公司工作，但你看她怎么花钱了吧？你说说看，你家除了大酱汤就没有别的菜可吃了吧？整个楼都传遍了，你妈不用洗衣机，洗衣服都是你的事吧？还不给热水用。挣钱干什么？就为了在那连个暖气都没有的螃蟹壳一样的房子里活一辈子？你妈要是为了你，要是像你说的那么爱你，就应该同意这件事。”

夫慧琳的脸颊红了，红得可怜，仿佛毛细血管全都破裂了一样。她不能正当地为母亲解释，这种时候最痛苦。

“那也……在餐厅里干活跟当缝纫师比，嗯，怎么说呢，也是个没品位的工作，晚上没准还有些喝酒的人，那个……”

“什么？切！你把星期天日式火锅餐厅当成市场里的五花肉馆了吧，不是那样的。在星期天日式火锅餐厅工作的女孩都穿制服的，是那种带着白领子的衣服，那里卖的日式火锅跟你每天吃的、用白菜叶子做的大酱汤可不一样。当然，那里也卖酒，但不是酒吧，女大学生也会在放假的时候去那儿打工。不知道就老实待着！”

世源虽然这样自以为是，但他还没有去过星期天日式火锅餐厅，只在路过的时候，从玻璃门向里面张望过。

晚风吹得世源脸颊苍白皲裂，他们刚走到锡民停车的地方，锡民就发起火来，抱怨他们出来得太晚。

“有条子经过，我都开着车在这附近转了两圈了！”

“呀，对不起。快出发吧。”

世源和夫慧琳跳上锡民的车。夫慧琳上车的时候，车子晃得很厉害。

“我从十一点开始要用车后座，一个小时就够了。你十二点开始用。那之前你去流动小吃摊上吃点乌冬什么的吧，还有，别忘了，酒由你来买。”一边向江边开，锡民一边跟坐在旁边的世源说，接着，他通过后视镜看到夫慧琳像山一样丰满的肩膀，扑哧笑着小声说：“你真是个口味独特的家伙，比你妈还胖啊。”

“兔崽子，想找死啊！”

“哈，开玩笑，开玩笑。”

要是妈妈知道了我没有守住贞洁，肯定会杀了我的，夫慧琳想。妈妈没有其他子女，所以夫慧琳不结婚，留在妈妈身边伺候她，作为处女老去是理所当然的。

为了省钱，房间里只有低瓦数电灯，光线朦胧。没有电视，也没有玻璃陈列柜，没有布艺画框，也没有地毯，没有观叶植物，也看不到陈列香水瓶的架子，就连生活中的褴褛也见不到。地上散落的衣物、餐桌上盛着剩饭的碗、没有整理的杂志等等，都看不到。只有严肃而沉抑的黑暗，整洁得寒气盘旋的地板，一尘不染的厨房和狭窄的浴室。两个房间里，分别放着一张铺着洁净白被子的铁床，就像市立医院的病房或是修女的房间一样。这就是表贤净和夫慧琳的家。

表贤净坐在用来吃饭的木桌旁，整理着当天的收入。她在市场买了鹌鹑蛋和萝卜酱菜当晚饭，剩下的钱摆在桌上。木桌是很久以前表贤净工作的商店里用的裁剪桌，做餐桌太大，所以只能割去一半之多。割下来的那部分，表贤净做成了没有靠背的凳子，虽然要付木工费，很可惜，但木桌是急用的，吃饭、看报纸，或者有时做饭、记账，又或者熨衣服，以及把镜子放在上面化妆的时候，都需要它。在确认门锁好后，表贤净将那天的收入算了又算，将应该得到的赊账款、还没支付的线钱、缝纫机分期付款的钱、还有牌匾修理费等也算了进去。她把现钞弄整齐，数了又数。表贤净不跟银行交易，银行是不能相信的，支票和期票也都不能相信，只有现金可信，所以表贤净现在还有十多捆五百韩元一张的纸币，剩下数捆都是一万韩元一张的。在表贤净床垫里脏兮兮的棉渣和海绵中，满满地塞着钱捆，剩下的钱捆用报纸卷成卷儿，放在厨房水池后面垮塌的砖头下面，还有一些放在用锁头锁着的壁柜中的旧包里，跟一堆破旧的袜子放在一起。是的，表贤净喜欢钱，不是花的钱，而是作为具有象征意义的钱。对于表贤净来说，钱是权力的象征，钱捆在表贤净的人生中是能够补偿一切的安慰。她之所以生活在大楼一层，也与此有关，在发生地震或火灾的时候，可以把所有的钱分别放到两个大包里，然后提着跑出去就行了，不需要电梯或楼梯。

因为表贤净表面上总是生活得很困难，所以没有小偷光顾过。不，其实有过两次。在这座楼里生活的时候有过一次，住在往十里洗衣店的时候也有过一次。在往十里的洗衣店里，丈夫总是惹麻烦。男人看到钱是不行的，这世上有很多种男人，一旦看到钱，尤其是女人的钱，他们的行为就只有一种——先偷去，然后因为喝酒和赌博将钱花光而逃跑。为此，表贤净一直想要个女儿。洗衣店的工作很艰苦，也攒不下钱，表贤净在心里总是很鄙视经营洗衣店的丈夫，跟明洞的时装店相比，这是个不像话的下层劳动。这也许适合无知的丈夫，却不适合表贤净，是个没有一点创新性可言、完全称不上艺术的事情。第一次进来的小偷是丈夫带着做事又解雇的十三岁打工男孩。那孩子拿走了钱罐里剩下的钱，共三万五千韩元。第二天那孩子就被丈夫抓到，差点没被打死，然后被带到了警察局。搬到这座楼以后，进来的小偷不知道是谁，他没找到表贤净藏钱的地方，只偷走了阳台上晾着的五套特大号内衣。也许是个男的。

表贤净保持着极度清贫的生活，如果露出一点浪费的迹象，小偷就会进来把表贤净的钱全部偷走，这是显而易见的。那可是攒了很久的钱，不是世人所说的简单的钱，而是表贤净的自尊、活着的理由和身份的象征。偷走表贤净所有东西的小偷总是男人。她的想法很简单，如果夫慧琳不是女儿，而是个儿子的话，她是不会养的。

情欲使女人不幸。

将一万韩元一张的纸币整齐地铺开，用黄色皮筋捆好，表贤净又一次陶醉着。

就像常说的那样，年轻和美丽只是短暂的。那是用钱买不到的，不是永恒的。永恒的事情都是用钱能买到的东西。自尊，对，是自尊。

跟丈夫分开后，表贤净曾被一个年轻的洗衣店店员骗走了钱，这件事使表贤净天生多疑的性格更加强化。表贤净和那个年轻人只上过两次床，但他欠钱逃跑了！打动那个年轻人的应该是单纯的对钱的欲望，但表贤净把它与肉欲联系起来。他是个施虐狂！女人的肉欲以那样的方式付出了代价！因为一起上了床，所以有了贪图我的钱财的勇气！因此，为了守住钱，不能向男人投去目光。如果因为爱啊、浪漫啊跟男人交往的话，最终会失去金钱，所谓世间的事就是那样的。并且女人如果有了钱就会变得傲慢，也很容易变成厚脸皮，笑声变大，羞耻感消失，会在任何地方掀起裙子发情。那都是钱的能量。钱有着聚集在一个地方之后，就会向四周发散的自身特质，因此，对于手松的女人来说，和挣钱比起来，守财要难上一百倍，需要忍耐。表贤净有时会觉得不安，夫慧琳如果知道她有钱，也许会变得大手大脚，毁掉一切，无法想象。所以不行。表贤净揪着自己的头发，如果敢动我的钱，让我受到一点损失，即使是我的女儿，也会把她撕得粉碎，杀掉她！把她跳动的心脏剜着生吃掉！

她的女儿夫慧琳一分钱也没有，所以直到老去的那天也无法离开表贤净。表贤净想充分享受这一切。

夫慧琳碎步走来走去。锡民想跟美静开车去汽车影院，但他不想带着世源和夫慧琳去。世源和夫慧琳那天拥有的全部，就是在汽车后座的一个小时，想要回家的时候，已经没有地铁了。在公交车站等了好久，却发现公交车停都没停就开过去了。等下一辆车，还是打车？他们想了想，决定打车。但是当他们坐上出租车，司机却想让他们与其他乘客拼车，于是客人又增加了两个。去那两人家的路很远，出租车一直转悠在陌生的小区。

“还不如走回去。”

世源终于发火了。

“在这么黑的地方？千万别那样。”

虽然夫慧琳在恳求，但世源还是在夜晚的街道下了车，街道很安静，连来往的车都看不到。街上的商店排列成长长一行，商铺的卷帘门被拉了下来，看起来有种不祥之感。路边的林荫树枯瘦凋零，世源大步走着，夫慧琳为了跟上他，呼哧呼哧喘着气，几乎跑了起来，汗如雨下。

“没有钱才这样，妈的，没件顺心的事。”

世源嘟囔着，嘴角凶恶地歪了歪。整天做着跟机器有关的油乎乎的工作也赚不到钱，穿着脏兮兮的工作服转来转去，只能遭到会计部女职员的嘲弄。要是像锡民一样是个大学生的话，处境就不一样了。顿敬淑和马那样肮脏人的生活，还有那个臊烘烘的继母虐待自己，这些全都因为钱。锡民有车，所以那么盛气凌人，还有夫慧琳在老魔女表贤净面前一动不敢动，也是因为钱。全都是因为穷，因为没有钱。

“不能快点走啊?”

世源朝无辜的夫慧琳发火。

“脚疼，啊，流血了。”

夫慧琳的表情像要哭了。

“谁让你那么胖的脚穿那种尖的鞋?”

“说是坐车走的，没想到会走这么多路。”

“得走到那边的大路上才能打到车。”

但是夫慧琳不能再动了，她的脚真的在流血，不是装假。夫慧琳蹲在地上脱下了皮鞋，鞋虽然是很久以前的，但对于夫慧琳来说太小了，而且她的脚背也太胖。爱美是祸根。

“小姐，有什么问题吗?”

一辆车停在路边，有人问夫慧琳。夫慧琳一只手拿着皮鞋，朝声音那边看去，车里坐着一个男人，不像喝过酒。男人戴着眼镜，块头较大，头发抹了油、干净利落地背过去，衣着则是正式的衬衫加领带，看起来不像酒鬼、变态或强奸犯，但夫慧琳知道，大半夜坐那样的车是不行的。

“没关系，有男朋友在，他去那边打车了，我脚疼，在这休息呢。”

夫慧琳气喘吁吁地对男人说。

“嗯，这样，男朋友。”

男人通过打开的车窗，将夫慧琳的身材上下打量一番，露出了微妙的笑。那眼神说明，虽然是很短的一瞬间，但该做的都已经做完了。

“是吗，如果身体不舒服，我送你回去也可以，当然，男朋友也一起。怎么样，小姐你来选择吧。”

“如果可以的话，真是太好了，我们住在釜岩洞，离这儿不太远，但您不必特意这样。”

“很巧，我正好会路过那里，你叫下男朋友吧，我只是帮助你们而已。”

夫慧琳叫来了世源，于是他们坐着那个男人的车回了家。男人很有礼貌也很亲切，能遇见那样的人也是很幸运的事。

“妈妈，您还没睡呢？”

夫慧琳回来的时候，表贤净正在用塑料布包着钱捆，以防止纸币受潮。一般这样的事，表贤净都在房间里做，今天她却在外面木桌子上忙活着，这是计划外的情况，因为她翻开水池背面的砖头后，觉得那里充满了湿气。不管怎样还是用塑料布把钱裹上更安全，表贤净专心做着这件事，没注意听夫慧琳的开门声。突然传来夫慧琳的声音，表贤净很惊慌，她将还未用皮筋捆好的纸币胡噜进厨房的大锅里，刚把锅抬到架子上，夫慧琳就走过来了。

“您现在还没睡觉做什么呢？”

“算账来着。”

“那能剩下点什么吗？”

“怎么？你感觉能剩下点？”

表贤净尖锐地反问道。

“那个，不是，最近一直活儿多，赊账回收得也不错，所以，觉得好像债也能还上不少了，所以就那么问问……”

“就好像那债是你还的。”

表贤净的声音很狠毒。

“那是你爸爸留给你的债。”

最后的语气很鲜明，好像在使劲戳着夫慧琳的心。

“那个债是我在还，弯着腰在线头和灰尘里喘不上气来……”

“对不起。”

夫慧琳低着头，嘴唇因为负罪感而抖动着。

“另外，你知道这个店要交的税有多少吗，还说出那样的话？你爸爸留给你的债，我干到死也还不完，可怕的命运。”

表贤净又补充说：“当然，这是在你帮我一起干的情况下。”

夫慧琳心里又一次哐当沉了下去，爸爸留下的债是个大问题。爸爸为什么要做那样的事呢？留下她们母女一生辛苦工作也无法还清的债。我是那种人的孩子，那种给妻儿带来奴隶般的生活，而自己却吹着口哨离开的人。

“啊，妈妈，对不起。”

夫慧琳的眼睛里噙着泪水。

“可你玩到现在才回来！已经凌晨两点了。我不干涉你的私生活，你来选择。你如果想按照你的意愿生活，我也不能阻拦。我是个又老又穷、没有力气的女人。世界都把我抛弃了，即使从我肚子里生出来的女儿先抛弃我，我又能怎样呢?”

“啊，妈妈，回来晚了很抱歉。怎么说我抛弃妈妈呢，那样的想法我做梦都没有想过。”

夫慧琳走过去握住表贤净的手。

“真的，只是打车花了很长时间，所以晚了。”

“还有，你，当然是处女吧?”

表贤净最后确认了一下。

“当然。”

夫慧琳眼里噙着泪水，努力地点点头。

“女人如果有了情欲，就会变得不知廉耻。父母啊，人伦啊，就都没有了。”

“当然。”

“想吃巧克力饼干吗?”

“想吃。”

“放到你床上了。”

“谢谢，妈妈，也没什么钱……”

“你不是我爱的女儿嘛。”

“妈妈快睡吧，您一定很累了。”

夫慧琳的爸爸、表贤净的丈夫留给她们的，只不过是伤心的记忆和几处酒吧的赊账而已。他虽然只是个洗衣服的，不是什么正派的能人，但也不像表贤净所说的那样，是个能留下一大笔债的“大气”的人。因此，表贤净说的是谎话，当然夫慧琳不会知道。抚养夫慧琳的八成是罪恶感，剩下的两成是巧克力饼干。

“罪源于成为父母和子女，这与男人无法避开女人的子宫一样。谁都有不能摆脱欲望的嫌疑，世俗的人们之所以无法实现理想，不也是因为那样的欲望吗？”

这时白斗渊正在给朴慧田写信的最后部分。几周之前，他彻底搬到了首尔。见过朴慧田之后，在开车回家的路上，他载了一个像大象一样的大块头女孩和她那分明是个二流子的男朋友。最初映入他眼帘的，是女孩硕大的胸部，在大半夜搭载了那样没品味的情侣，他对此可以抗辩说，那出自于强烈的求知欲，是类似于见到三胞胎或极度脸部畸形的人的那种好奇心，使他接近了那个女孩。说起来，那不是上天的恶作剧吗？他想，下次见到朴慧田的时候，要跟她说说这事。

“不要掉渣儿啊。”

表贤净严肃地训诫说。

“会招蚂蚁。还有啊，洗衣服的时候再省点水，你好像太费了，怎么说都不记得。”

“好的，我会的。”

“还有，最好把明天要吃的鹌鹑蛋提前煮好。”

表贤净把装在纸袋里的鹌鹑蛋递给夫慧琳，她们并不像世源想的那样，只吃饭和大酱。表贤净正想转身，看到夫慧琳为了煮鹌鹑蛋正在拿架子上的大锅，她尖声喊道：

“那个不行，用别的煮!”

夫慧琳被妈妈的高喊声吓了一跳，结果没拿住，锅从夫慧琳的头上掉落下去，锅里装得满满的纸币像雨一样落到夫慧琳的脸上。夫慧琳从没见过那么多钱。

知识人的肖像

“我们总说，不公平的分配是个问题。决定社会价值的除了知识与环境，其中最关键的当然是经济，但这些因素具有世袭和垄断的性质！我知道你要说什么。我认为，至少在一个世纪前，这就是人们全力抵抗的弊端，但它的起源是更为根本的，在柏拉图之前，人们应该就知道了那是个问题。原始的弊端，是的。但是人类的利己之心具有不断回归的性质，所以他们在更加老练、更加技术性地使贪欲正当化。举例来说，我们现在对社会的落伍者已经不再具有同情之心了，因为我们认为，他们已经有了充分的机会，可以领取失业补贴，可以向国家申领生活补助金，还可以免费学习计算机，图书馆也是开放的，他们可以接受义务教育。剩下的只是个人的部分了，惰性、不诚实、慵懒、依赖性和不正直！是的，这是他们选择的那部分。我们认为，既然如此，他们就该甘心接受。我承认，中产阶层变得很庞大，和过去革命时代相比，的确是那样的，但这也不是大小多少的问题，而应该说是道德问题。为了实现道德，知识应该成为基础，这一点人们不太想承认，至少在正式场合是这样的。中小企业破产，或者票据制度问题，或者脆弱的雇佣体系问题，除此之外，还有因赌博而破产者，数不胜数。的确有靠赌博暴富的机会，但输钱的机会要多上一千倍。大部分赌徒是家长，想想他们的孩子吧。我们所处的现实，问题到处都是，其基础像蚂蚁坟墓一样，不知何时就会变得粉碎。如果下个结论的话，现在，孩子不应由极其脆弱的随意性机构——家庭，而是应该由国家来养育。怎么，怎么，你不同意我的话啊。好吧。你是母亲，结果你的思维就有着与作为母亲的欲望结构相符的框架，这是没有办法的事，不只是你的错，谁能谴责你呢？因此，求你别做出那样悲伤的表情吧！”

白斗渊结束了辩论，用手帕在发热的额头上轻轻按了按，等着热气消退。朴慧田的洗衣室面朝巴掌大的庭院，门敞开着，有淡淡的青草味渗透进来。朴慧田还在熨衬衫，这次是大孩子的衬衫。朴慧田的脸颊由于熨斗的热气而变得湿润，雪白的手臂在不停地喷着浆糊，看起来健康优雅。虽然在做家务，但朴慧田的头发利落地盘了上去，并用发卡整齐地固定着。她还涂了唇膏，下巴和脸颊也抹了粉，因为事先知道白斗渊要来。在一番演讲过后，白斗渊有些疲倦地坐在客厅沙发上，用一只胳膊斜垫着额头，欣赏着朴慧田的样子。

“你，真的很美。”

白斗渊突然冒出一句。

“什么？”

朴慧田一只手拿着熨斗，正想把衬衫翻过来，她用不安的语调慌张地反问，不是听错了吧。

“我说你很美。你的头发，你的侧脸，还有，最重要的是你的身材，太美了。这让我想起，人们将这种感觉叫做灵感。啊，这不是肮脏卑鄙的欲望，希望你不要不愉快。我也是不知不觉说出了那句话，绝对不是经过思考或计划的。哎呀，我对女人没什么口才，越想让你理解就越是词不达意。不说了，是我错了。就是，在这瞬间我被你的样子感动了吧！如果我还是失礼了，那就请求你的原谅。原谅我吧。”

白斗渊搓着双手，摸着头发，尽力隐藏羞愧。朴慧田放声笑了起来。

“太逗了，你竟然还会说那样的话。”

朴慧田好像笑得呛着了一样，抖着身体，不知道多久没有这样笑过了。她不再叫小时工，但每个月的生活费还是要二百万韩元。为了孩子们还应该攒点钱，朴慧田现在也马上四十岁了，但应该找工作的决心只是停留在决心上，最重要的是，因为担心孩子，很难找全职工作。虽然也可以做保险或者化妆品销售，但朴慧田做不了推销，她不仅没有那方面的能力，也完全不喜欢，她不想给孩子们留下妈妈是化妆品家庭推销员的记忆。但是除了那个，还能做什么呢？也许可以开个内衣店或者冰激凌店。这个问题她现在还在思考，对于朴慧田来说，时间一天天过去，就意味着存折余额越来越少，她必须减少生活费，但现在不知道应该从哪里开始缩减。为了能给孩子留一点遗产，她还拿了些钱做了信托，孩子们成人后可以领取那些钱，但是，要想用那点钱让孩子上完大学、结婚、买房和自立的话，是远远不够的。有多少钱今后都不够用，但朴慧田缺少决断力，现在朴慧田最需要的是可靠的保护人，需要能够给她指引的生活向导，需要具有坚强意志力和智慧的朋友，需要温情体贴的男人。就是这样。

朴慧田和马分手的时候，一个朋友都没剩下。朴慧田不情愿地离婚后，马的所有朋友都远离她的时候，白斗渊是唯一留在她身边的人。朴慧田几乎没有自己的朋友，她和马喜欢以夫妻为单位参与社交活动，离婚使这样的环境崩溃了，朴慧田不再是教授的妻子，也不是具备专业技能的女性，更不是具有高智商喜欢讨论问题的那类人。如今，朴慧田是一个人，马的朋友在以夫妻为单位的交际中排除了她。而那些学生时代的朋友们，朴慧田在结婚后就没见过，而且她们大部分成为了生活拮据的中小学教师或公务员的妻子，她们觉得朴慧田很遥远，朴慧田更是那么觉得。那是段不幸的日子。孩子们问爸爸在哪儿，他们很惊讶为什么不能再学滑雪和芭蕾了。朴慧田想哭。这时，白斗渊出现了。

“我之所以说那样的话，是因为前阵子从你家吃完晚饭回去的路上，看到了一个女孩子。在我看来，她有着可以说是畸形的硕大的身体，说是她男朋友的那个小混混也真是不上档次，平庸得从美学角度不被考虑的造化之物激起了一种不快之感，这是我的口味问题，不要想着用伦理说教我，我还搭载了他们。实际上，我是想再观察观察那个女孩，她像是有着初中毕业程度的智力水平，似乎还有被父母一方虐待的痕迹，胆子非常小。我看着她突然想起了你，为什么呢？是的。也许看完那些难看的样子之后，就想念天上的东西了吧。这种感觉，不是世间的泥泞，而是盛开的花儿、翩翩的蝴蝶、甜甜的香气，还是寂静的林间小路……这是只有具备高智商、内心丰富并受过审美训练的人，才能欣赏的感受。这是不能否定的。不能因为存在着只能被知识分子发现的、有品位的美，就谴责知识分子吧？你分明不是天上的仙女，但美丽环绕着你，那种美就像少女胸衣一样害羞而结实，所以一旦承认了那种美，就再也无法忘记了。那是无法否定的原生的美。你听我说！不要只是摇头想要否定。你是有价值的，像你这样的人经受着那样的不幸，忍受着各种世俗的侮辱，承受着经济上的困难，真让人无法忍受！反正这个世界是不公平的，但即使如此，'公平'和'正义'之间也是有着明显差异的。因为你的不幸，我对你投去了更多的目光，能让我有机会在茂盛的杂草中注视到一朵鲜花，所以你的不幸，也许对我来说是一种幸运！原谅我吧。这样的表达对你也许是种伤害，但我最终还是说了这样的话。但那是事实，你很特别，你站在那些所有丑恶轻率的事物的彼岸。马选择你的时候，有人觉得惊讶，但现在我理解你了，你的存在本身就是价值，你拥有的东西没有死亡。那，那太特别，太可爱，反而让人觉得怜惜。希望你千万要原谅我，你现在单身，让我高兴得心潮澎湃。”

白斗渊是天生的雄辩家。他身材高大，体格结实，皮肤白皙，还有一双能带给人充分好感的眼睛。他的声音低沉，充满了说服力。一直到话说完，他都不会避开对方的视线。他穿着高级西装，手指甲也很干净，头发剪得很短、梳得很整齐。如果只看外表，会感觉他是个保守的人，但听过他演讲的人都会对他出人意料的进步感到惊讶。年轻的时候，他曾经以华丽的修辞和能言善辩在一个小的学生地下社团做辩手，当然那并没有维持很久，因为白斗渊式的辩论并不符合当时煽动家们的口味。白斗渊自身思想立场非常模糊，所以，如果一直听他讲，对方经常会陷入混乱，讨论因此令人厌烦地不断继续，结果，胜利偏向了表达简练、去除了不必要的臃肿脂肪、从头到尾只用几十个单词、不断重复强调的鹦鹉族。对于这种语言不断重复的情况，白斗渊感到很失望，很快就失去了兴趣。对于白斗渊来说，重要的不是意识形态，他只是陶醉于自己的辩论和掌控力。在白斗渊看来，那些以大众为对象的煽动家们都不过是些傻瓜罢了，竟然说那些从美学角度看来糟糕透顶的、无知的、公式化的语言！凡是不佩服他演讲的人，都是些没有悟性和水准的家伙，甚至没有资格享有公民权。

其实谬误的根源也在白斗渊身上，他为了使辩论增加感染力，会稍稍让逻辑有些飞跃，使用华丽词藻和长长的句子，不知不觉间内容已经有了变化，在这方面，他对自己很宽容，虽然内容上也夹杂了貌似知识分子色彩的进步思想，但对他来说，重要的是说服对方，并使对方折服于自己的智商和领袖风范，并不是论争的对象或内容，就连结果也是无意义的。

大学毕业后，白斗渊以帮助父亲的事业为借口，过了几年以旅行和读书打发时光的流浪生活，后来，带着热忱进入了纤维行业。结婚之后，他读了研究生，还为了拿经营学硕士学位出国留学了一段时间。继承的家族企业倒闭后，他开始打听大学或研究所的工作机会，在这过程中跟同学有了联系，其中的一个人，就是很久没联系的马，出事那天，白斗渊正想劝马投点资。总而言之，他当时急需钱，而且说实话，他的年龄太大，也没有博士学位，但即便如此，他能接近的那几个位置还不能满足他，因此，找份大学的工作就像摘天上的星星那样难。为了进入新建的大学工作，需要一笔不小的钱，而他现在的处境是，大部分生活费都要靠妻子提供。其实，白斗渊做过研究团体“文化—产业批评研究会”的委员，也在丽思卡尔顿的贵宾名单上，还有着倒闭公司的高级管理职位。他正在构想成立一个团体，以他为中心，对象是具有经济学硕士以上学位的三十岁年龄层的男人，名字叫做“星期五俱乐部”。他构想着，那既是一种花花公子式的团体，也同时兼做学术研究，比“文化—产业批评研究会”规模小一些，更封闭一些，也更休闲一些，更进步一些，少一些官僚性质，也可以出版经过精心设计的二百页以下体量的学术书籍，当然，这些都没什么钱可赚。他认识很多与经济管理学相关的人，在韩国上学，其意义不只是学习知识，更重要的是，白斗渊对自己出生在朴志晚之后的一代、被剥夺了上京畿高中的机会感到非常委屈。

“我，我应该说点什么。但现在什么都不要问我，因为我脑子很乱。”

朴慧田似乎要流眼泪了。她拿起熨斗，压得太久，下面的衬衫变黄了。朴慧田惊慌地抓起衬衫。

“哎，真笨。我总是这样犯错，不仔细，像个傻瓜一样，受谴责也是当然的吧。我不能只按照我的心情去做事，现在，我是孩子们唯一的监护人，从没有过其他的想法。”

他们保持了一阵沉默。蜂蜜色的夕阳透过洗衣室的窗户，将朴慧田的头发和脸颊映成金黄色。马上就是秋天了，朴慧田跟白斗渊说起了打算搬家的事。

“那个，我打算卖掉房子搬到别处去住。去更远一些的地方，适合孩子们玩耍、也能养狗的地方，现在这个房子太大太旧了。不管怎样，能和自然接近的地方对培养孩子的性格和情趣有好处。”

“啊，但是学校怎么办呢?”

“大孩子转学吧，小孩子就上郊外的学校。”

“没有朋友，环境也改变的话，可能对孩子不太好啊。”

也许的确如此，但对于朴慧田来说，目前没有其他选择，必须要换小房子，减少教育费用。自然也好，情趣也好，都只是借口。实际上，朴慧田并不喜欢郊外的生活，她讨厌像父母那一代的生活。朴慧田的判断是，不管怎么叫，她父母都不过是中下阶层的劳动者。朴慧田走进卫生间，用凉水为发热的脸颊降温。

“去哪儿啊？”

朴慧田的大孩子漠斜坐在床上，用反抗的眼神盯着朴慧田问道。

“郊外。”

朴慧田简短地回答说。

“郊外哪里？”

漠又神经质地焦急问道。

“还没决定，但搬家只是时间问题，我们不能在这里继续住下去了。”

朴慧田现在付不起私立学校的学费。漠的学校里，所有孩子都得加入滑雪队，要义务性地加入管弦乐队，要将林肯演说原文背下来，在没有收入的情况下，这种教育是不可能负担的。大孩子也应该知道，如今在自己的生活中，如果想要获得尊严，有时候要靠自己的努力获取。虽然这样想，但朴慧田心里仍然不是滋味，漠现在才刚到十岁，在人生的开始阶段，他理当得到的东西被抢走了。这不公平。她感到怨恨和憎恶，心里像有一阵寒风吹过。

“所以……”

漠愣了一下，露出悲壮的眼神，好像下了一个非常大的决心。

"就是说，现在连这个小区都住不下去了。那么妈妈所说的郊外，就是指穷光蛋们生活的那种郊外吧？"

"穷光蛋?！我可没那么说。"

"不说我也知道。您把我当傻瓜了，不让我滑雪，让我打便宜的乒乓球……您以为我不知道吗？把我的东西都抢走了……没有朋友也没有蜡笔，周围全都是穷光蛋。我明白地告诉您，我讨厌在那里生活！"

漠狠毒地喊了起来。

"怎么没有蜡笔，而且，没朋友的话，交新的朋友就可以了啊。"

"您不知道我说的是什么样的蜡笔吗？您让我用穷光蛋们使用的那种蜡笔吗？我为什么要成为穷光蛋？我不是。我跟生活在姥姥家那边的孩子不同。"

"你再说穷光蛋我就不客气了。那，那是不好的话。"

朴慧田一时找不到合适的单词，嘴唇索索发抖。

"以为我会害怕吗？哼，穷光蛋，穷光蛋，穷光蛋！"

漠毫无畏惧，用犀利的目光盯着朴慧田。朴慧田感到很恐怖。

"你不应该和我这样的人在一起，更优秀更有能力的人才更适合你，我的想法只不过是一种欲望罢了。"

白斗渊感叹说。

“你很优秀。这个世界上所有人都只对钱像疯了一样拥上去狂呼着，真是太浅薄了！已经到了无法忍受的程度。你把我看成那种女人了吗？我虽然现在贫穷，之后的日子也没有保障，但是我的精神并没有被吞噬掉。我知道，有价值的东西是不一样的。你是绅士，心里很温暖，有着高贵的人格！也处在不公正的境遇中。重要的是人格，还有你说的知性。”

朴慧田安慰他说。

雪之女王

读过托尔斯泰和陀思妥耶夫斯基，就会发现，其他文学作品不过是写在唱片包装上的简介罢了。其实，把那些东西抄下来写成一篇文章是很容易的。根据自由评论家写的商业音乐唱片介绍、报纸消息、超市广告文案、大众歌曲歌词、杂志刊登的散文、电影中令人印象深刻的场面、百科辞典两页、摘要版的艺术家生平、流行的电视广告文案……把这些适当地掺到一起，谁都能写出一篇虽然有些业余、但感觉还挺像那么回事的小说。区分二吊子艺术家和第欧根尼并不容易，现如今，模糊风格受到青睐，不确定与怀疑主义似乎是知性的唯一表现方式并受到称赞，但即便这样，世界也仍然有着光明和黑暗的界限。所以，天生贵族和小丑们穿着同样的衣服共存，愚蠢的大众和被虚荣心蒙蔽了双眼的人是看不到分别的。在街上逛了两个小时，想法并没有改变。天气很热，空气很沉，云很多，好像马上就要下雨了。到快餐店喝杯咖啡，吃了片面包，又走了一阵，然后在露天商店吃了很油腻的面包圈和带肉的绿豆煎饼。虽然肚子不太饿，但阴明爱有思考时想吃东西的习惯，有时还会往热咖啡里放一大勺黄油，再撒上胡椒喝。什么配料都不放的面包、咖啡、人造黄油和核桃曲奇就是阴明爱的主食。对于在豪华餐厅里品尝装盘漂亮的大餐，阴明爱有些厌恶。她喜欢的是，快餐店或小吃部里抹了人造或天然黄油的面包，不放糖的无限量咖啡，还有二十世纪最伟大的杰作——速食食品。即使如此，阴明爱在四十多岁仍有着模特般的扁平小腹、越南女人一样的纤细手指和苗条身材。朋友们认为，这是因为她没有怀过孕的原因。当然，她们不了解实际情况。

即使用客套话形容，阴明爱也称不上漂亮。她也不够有女人味，颧骨突出、嘴太大、嘴唇的轮廓也不够分明，眼角是上扬的，鼻子是朝天鼻，皮肤有很多雀斑和痣，肤色也黑不溜秋的。如果硬要去找阴明爱的魅力所在，那就是覆盖在细长眼睛上的浓长睫毛，以及与外表不相符的优雅嗓音。阴明爱现在还是单身，平均一年会得到一次男人的追求，一般来说，关系会维持六个月左右，剩下的六个月就自己过。几年前，由于无聊，她曾经做过杂志出版工作。那是一家完全没有商业性的学术杂志，但阴明爱很快就明白了，自己正处于各种庸俗主宰的狼藉中，功名欲、虚荣心、转抄的论文、重复引用、抄袭、僵硬的权威主义和欺骗络绎不绝。周围的人都说，这是没办法的事情，因为不管用什么方法，反正研究结果是最重要的。阴明爱感到厌烦，从那份工作中出来后，她再没做过其他的事。现在，她还会每周收到几十封寻找投资者的信，对方大多挂着非营利、非商业、自称代表知识和文化未来的各种思想团体名号。阴明爱认为，那些人都是坏蛋，戴着文化面具的坏蛋，是像貉子一样气味难闻的家伙。

阴明爱认为，在那些坏蛋中，最坏的骗子就是大学同学白斗渊。当然他也不是一开始就那样。在三十岁以前，白斗渊是个乐观、爱玩儿、善良、有钱的混混儿。阴明爱觉得白斗渊长得不错、性格好，属于让人感觉很舒服的类型，但也会茫然地瞎想，认为他是个没有明确思想的二吊子社会运动爱好者。也就是说，如果他不是富家子弟，那么具有社会主义思想就没什么特别，也没什么奇怪，当然更不是什么值得自豪的事。那时白斗渊的纯真和幼稚结合而成的不成熟还没有让人觉得坏，和白斗渊的朋友——阴明爱的另一个同学马比起来，倒不如说白斗渊还算是个好朋友。阴明爱记得，马虽然出生在富裕之家，但长得像送煤的一样，跟白斗渊不同，马不是个外表华丽的社会主义者，也不喜欢夸耀，当然，就算他想夸耀，也不会有人注意他！但马是三个人中学习成绩最好的，为此白斗渊有些嫉妒。之后，白斗渊无意中听说，马跟一个平民阶层的平凡女人结婚了，他心情好得不禁哈哈大笑。而在知道马年纪轻轻就当了国立大学教授的时候，他当然又很妒忌。那之后，他就不知道马的消息了。在他们上大学的那个年代，大学里的学生一半都是从地方上来的，绝大多数都是市民阶层的家庭出身。在那种情况下，这三个富有的人显得有些特别，阴明爱是经济学专业的唯一一个女生，也是医院院长的女儿，马在朝鲜战争爆发前就已经是大地主家的孙子，白斗渊是大邱一家规模很大的纤维工厂老板的儿子。他们之间的关系，虽然不是很亲密或者很有好感的程度，但也还说得过去。马结婚的时候，给阴明爱发了请帖，但她没去。大学毕业后，她又研读了文学和哲学，但放弃了取得学位的机会。白斗渊过了几年富有的无业游民生活后，突然积极参与到家业的发展中，并想继续深造，还出国留了学，但那之后不知为什么，好像停滞了。越是状况不佳，白斗渊就越活跃，他不忘积极参加各种聚会，还邀请了阴明爱。当然，那时候她觉得，假装知识分子的白斗渊很烦人，绝对不会去，而且，她在生活中也从不邀请任何人，但即使不邀请，白斗渊偶尔也会来找阴明爱，跑过来喝杯茶，或者说些不受欢迎的时事评论，又或是贬低那些成功的人，说他们没什么了不起，随意显露出伪装成冷笑的嫉妒心，然后离去。有时，白斗渊还会小心地问她，对新开的旅馆或地方上的林地等不动产是否感兴趣，有时，还盛气凌人地拜托她期票贴现。

“得结束了。”

阴明爱终于在一家开在地下的三明治店里坐下来，嘟囔着。在她面前，坐着等了她一个小时的男人宇均，他眉宇间显出快要发脾气的样子，摆在他前面的三明治和咖啡已经凉了很久。

“你说什么？”

宇均要对阴明爱表达的不满数不胜数，但他先从提问开始。

“我的意思是，现在要和你结束。”

狭窄的地下三明治店里，密闭的空间让阴明爱透不过气来，她像鱼一样嘴唇大幅张合。宇均点的三明治是加了金枪鱼罐头的，他竟然想吃这类东西，明显是个傻瓜。阴明爱一旦下定决心，一整天折磨人的饥饿感就明显消退下去，对食物的厌恶随之袭来，真不知道怎么会跟瘦得像金枪鱼罐头的男人在一起。

“虽然不知道我哪里让你生气了。”宇均深吸了一口气，屈辱感使他的脸变得苍白，“这样单方面的通知是种暴力，当然是暴力！你应该给我宽限期，或者至少有个差不多的提前告知。”

“今天之内，我会把你剩下的行李全部寄到你办公室。”

阴明爱打断了他的话。

“现在我不想听这样那样的辩解，从现在起用你自己的钱，去见那些没完没了、藕断丝连的女孩子吧，你的话我不想听，你说什么都无所谓，希望你以后不要跟我说谎了。”

最近几个月，阴明爱谈了一次无聊疲软的恋爱，现在想要结束它。宇均是个年龄已经三十岁，但还没有固定工作的无业游民。三年前，他还期待着什么时候能成为一个出名的电影导演，但现在不行了。

“看来，你是因为我想和郑社长联手拍的那部电影泡汤了而生气吧，我们仔细谈谈。那完全不是我的错，当然对于你的损失，我也觉得很可惜，但我会补偿的，虽然不能说时间是什么时候，我跟你约定，一定会补偿的。还有，那些女孩子是她们自己喜欢跟着我的，她们也不是值得你嫉妒的对象。”

“别再做冗长烦人的辩解了，我现在就想和你结束。现在可以了吧?”

“不，我还是一点都不理解。你试着说服我吧，你有这个义务。”

他们的争吵令人倦怠，这样的争吵最好也是最后一次，这是阴明爱的希望。阴明爱赶紧起身掏出钱包买了单，宇均点的金枪鱼三明治和咖啡，还有阴明爱点的却碰都没有碰的烤肉和披萨奶酪三明治，一共是一万二千五百韩元。她已经习惯了和男人见面自己买单，她喜欢那些经济上还没有独立、很娇气、自尊心强、很固执，同时从现实来看是未成熟的学校优等生，社会劣等生，因此不得已养成了这样的习惯。

“明爱，等等。”

阴明爱听到了宇均在叫她，没有理会，跑上了楼梯。虽然她知道进入湿热的空气中会流汗，又会变得不舒服，阴明爱的心却像飞起来一样轻松。

我现在自由了。

托尔斯泰是对的，道德不像衣服，可以随意穿脱，那是人类承受的沉重，是真挚和热情，不是世俗所认为的那样，处在和男人是否一起睡过那样的无知单纯的层次，道德是需要经过训练、需要意志力打磨的，甚至是崇高的意志本身，而与之相伴的丑陋或不道德也是明确存在的，那就是暴露在原始自然本能面前、毫无防御能力的人性，正是它！重要的是，要学会用智慧和诚实去分辨它。世俗的各种苦恼和烦闷阻挡了智慧，欲望也使判断模糊。曾经有着钢铁般意志的宇均，已经像霉菌一样在渐渐消失，他跟世界妥协，跟阴明爱妥协，跟自己妥协，终于成为了一个二吊子怀疑主义者，无条件地批判那些自己没有得到的东西。有钱的优点就是不需要妥协，就是说，在欲望面前不发抖也行。人们有种把钱想得很世俗的倾向，但其实正相反。这一点阴明爱很清楚。阴明爱不化妆，也不买流行的昂贵衣服。她不会为了让别人看起来漂亮，或者为了给人留下好印象而费心，也不刻意去亲切地说话或举止有礼貌。她通常是一个披着宽松旧衣服的四十多岁女人，垂着长发，不紧不慢地走在纷乱城市中心的人行道上，她希望的事情只有一个：保持精神的独立性，过一种始终追求真理的生活。也许她会在某个下雪的日子，走上巡礼之路。阴明爱咳咳地咳嗽着，在城市废气中，夏日的太阳灰蒙蒙地落了下去，不知走了几个街区，她决定坐地铁。地铁站的长椅上坐着一个面色黯淡的男孩，另一个穿着黑色连衣裙的女孩站在那里看地图，还有一对上了年纪的夫妇在报摊旁左顾右盼。男孩斜着身子，好像在看报纸的体育版。阴明爱走过去，坐在他旁边，站着腿太疼了。在纷乱的市中心不知道到底逛了几个小时，但还是做到了，我现在自由了。

即便宇均浪费阴明爱的钱，但她也以宽容的心态睁一只眼闭一只眼，宇均在和电影相关的办公部门认识了一些女孩子，和她们一起花阴明爱的钱。其实她也不是真的很生气，阴明爱对于独自占有男人不是很执着，问题在于，宇均不过是个微不足道的人，这给阴明爱天生的道德感带来了无法挽回的伤痕。但是，阴明爱从一开始就不知道吗？不是的。阴明爱见过的像宇均一样的男人数不胜数，说他是微不足道的人，可人类本来不就是那样地存在吗？阴明爱知道，和宇均的时间到头了，应该重新开始自己生活了。所以，她只不过是将宇均的问题重新指出来罢了。阴明爱突然想，是不是自己的人生中不再需要男人了。

“您有圆珠笔吗？”

读体育版的男孩说。

“只有红色的。”

阴明爱转过头来，正好和男孩目光相对。男孩留着短直的头发，在炎热的天气中，也像上流阶层的男人一样，穿着长袖衬衫，皮肤很干净，脸的轮廓很端正，但厚厚的嘴唇扭曲着，从语气和态度来看，不像是受过良好教育的人。他的长相给人一种这样的感觉，如果国王的孩子小时候被偷走，然后在贫民区长大，也许会长成那样。阴明爱立刻转过头目视前方。

“红色的？那也行，能借给我吗？我用一下就行。”

“稍等，我找找。”

阴明爱翻了翻包，明明有的红色圆珠笔不知道哪去了，没有找到，包里有太多乱七八糟的东西。在哪呢，阴明爱急得撩起头发，嘴唇好像有些发干，感觉疲惫。阴明爱忽然想起来，自己跟宇均分手还不到一个小时。是的，即使现在自由了，但分手是个消耗能量的事，累也不是没有道理。

“阿姨，您脸上出汗了。”

男孩清楚地看着她的脸说。男孩离她的脸很近，阴明爱反射性地用手擦了擦额头，传来了噼里啪啦汗珠掉落的声音。

男孩好似有点尴尬地补充说：“头发那么长，很热吧。所以到了夏天，女人会把头发梳起来。”

“谢谢你提醒。”阴明爱冷冷地回答。这时，她从包里掏出红色圆珠笔递给了男孩，没有想让他还。

“用一下就还给您。”

男孩好像读到了阴明爱的心，边说边在手掌上记下了报纸广告栏的电话号码。男孩身材很好，好像很瘦，虽然不是肌肉发达类型的，但天生的骨架很美。顺着男孩的视线，阴明爱也不自觉地看着他的手掌，白得耀眼，掌纹分明，指甲几乎是红色的。阴明爱第一次见到自然状态下这么红的指甲，但指甲末端有些杂乱的斑点，男孩肯定是做体力活的。男孩满足地将圆珠笔还给她。

“谢谢。我想找打工的活儿，报纸很快就会丢的。”

他又补充说：“据说每小时三千五百韩元，在冷冻仓库帮忙。”

“活儿，你需要吗？”

“当然了。”

男孩耸耸肩膀。

“有一天的活儿，怎么样？”

阴明爱不知不觉这样开始聊了起来。

“是什么?”

男孩没有什么防备地问，用一种听起来发音有些轻浮的语气，这让阴明爱有些不舒服。那是一种多次干过各种散工或侍应生之类的人的语气，用那不得不露出浅薄的、扭曲的，但又像蠕动着的新鲜虫子一样漂亮的嘴唇说出来。

“搬家。”

“那应该很累，给多少钱?”

“不累。说是搬家，其实主要就是书和衣物、烟和几个电影剧本，也就三四个箱子。可以用车搬，没有家具或冰箱之类的东西。”

“怎么不找专业公司?”

“因为都是些要确保直接交给主人的东西。”

“是些值钱的东西吗?”

“不，便宜货。”

阴明爱冷笑说。

“只要确保送到主人那里就行，除此之外没有再需要费心的事情，开车三十分钟左右，车用我的就行。怎么样?给你三十万韩币。”

男孩的眉毛哗地一下扬了上去。这是份简单活儿，而且报酬挺高，虽然很吊人胃口，觉得有点奇怪，但他马上就露出了孩子般纯真的笑容。

“如果是那样的活儿，不坏啊。但为什么要找人做呢?要是那么简单的话……”

“我和男朋友分手了，我想把他剩下的行李利落地解决掉，同时又不和他见面。现在能理解了吗？”

男孩展开手掌，等圆珠笔的墨水变干，他看了看阴明爱。

“阿姨，您说男朋友？”

“是的。”

男孩没说话，啪啪地用脚尖踢着地面。

“什么时候搬？”

“明天。”

“好，可是您肯定给那些钱吧？”

“知道了，开始搬之前付一半，剩下的一半搬完给。”

“好莱坞风格啊。”

“你，几岁了？”

“二十一了。那么简单的话，很容易就能干完。”

他看起来比实际年龄小两岁。

“我叫明爱，阴明爱。你叫什么名字？”

“世源。”

“什么世源？”

“姓有那么重要吗？”

世源忧郁地笑了。

疯女人到处都是。疯不仅仅是指露着牙齿嬉笑，或者扯着破烂衣服行走，又或者顶着满头虱子在车站广场游逛，有时候也长着正常的脸，拿着厚厚的钱包，荒唐地穿着阿玛尼的夹克，有时还带着名片、开着车。癫狂症是突发的、意外的，所以也会让人觉得反而是种魅力。不能被骗！上了年纪的女人把头发留到齐腰那么长，不烫发也不染发，衣服像老奶奶穿的内衣，还戴着一串便宜饰品，这说明她有癫狂症。那女人肯定是疯了，否则，怎么会那么简单的活儿给三十万韩币呢，要不就是……更有根据、更现实的推测，肯定是那个女人和男人分手后受到了刺激，是个瞬间变疯的歇斯底里症患者，或者是个连自己说的话都不记得的白痴，或者是个玩着阴毒花招想要利用他的恶徒，世源想，一旦看到一点奇怪的神色，逃跑就行了。

按照阴明爱留下的地址，世源找到了她的家。房子位于一般中产阶层聚集的高级住宅区的最高处，也许是养鸟的人家比较多，到处传来尖锐的鸟叫声。世源从地铁站下来问路的时候，告诉他的人也说："那里是养鸟的地区，听说从乌鸦到老鹰，还有鹈鹕，都有人养。"

每家阳台上都放着高大的落地鸟笼，里面养着发出好似悲鸣声的大鸟，接下来便是一阵沉默。太阳还没有落山，天还亮着，很热，到傍晚还要等上一个小时。来开门的阴明爱穿着和前一天相同的衣服，发型也一样。阴明爱的家里听不到鸟叫声。

"给它们吃了老鼠药，都死了。太吵了，也得能忍得了啊。"

对于世源问她是否养鸟的问题，阴明爱就像等待许久似的脱口而出。

“这个地方好像很多人养鸟。”

“是种传统吧。”

她的回答，明显是不太想再说关于鸟的话题。

“吃点晚饭吧？搬完的话可能就过了饭点了。”

世源有点犹豫，他不想在陌生女人家里吃晚饭。但如果坏了她的心情，也许就不给钱了，世源感到有点不安。女人不管怎么说都好像不太正常，心情不知什么时候就会翻转。

“先给钱吧。还有，行李在哪儿呢？我想搬到车里。”

世源鼓起勇气说。

“行李放到那边了，你只要放到车里就行。”

朝着阴明爱用下巴指着的地方看去，只见那里有一个旧旅行箱，两个箱子，在客厅一侧，还有一个气派得看起来很值钱的草绿色皮包。

“其他的送过去就行了，但那个皮包……”

阴明爱指着那个草绿色皮包。

“那是我的，所以把行李都拿出来后，要把皮包带回来。”

“嗯，看来很值钱啊？”

“是啊。”

阴明爱瞥了一眼世源，然后从破烂一样的手提包里拿出钱包，数都不数就将钱递给了他。

“来，约好的钱的一半。还有，如果需要烟，也可以拿走。

车在停车场。另外，晚饭吃还是不吃？”

拿到钱的世源心里有些发懵。

“吃吧，但我吃不多。”

“到厨房来吧。”

按照世源的想象，厨房应该不是整理得很干净，奇怪的煮锅和煎锅挂在天花板上。但意外的是，他看到了让人感到普通无趣的平直桌子和便宜的胶合板椅子，心情变得有些奇怪。厨房里所有的墙面都贴了壁纸，感觉不到水汽，难以相信这是个做饭的地方。采光也不好，有些暗，倒是很宽敞。很安静，只有冰箱压缩机的声音。厨房里也没有放任何装饰品，三张床大小的空间都空着，什么都没有。百叶窗放了下来，外面只有个狭窄的院子和围墙，窗边有个空着的大鸟笼，摇晃着。很奇怪，风一点都进不来。好像有人刚刚碰了鸟笼，仓皇逃走了。厨房正中间有张桌子，兼用作饭桌，上面放着镜子，可以推测，它还被用作梳妆台。此外，桌子上还有各种乱七八糟的东西，没有盖儿的口红和粉底瓶、脏了的纱布、头痛时贴在额头上的贴片、避孕药、抹在脚趾缝的脚气药、装着吃剩面包片的一次性盘子、趴着苍蝇的变质牛奶瓶，还有德语词典和圆珠笔，以及顶部有盘子那么大的汤勺。阴明爱完全不在意，将乱七八糟的东西收拾到一边。

“桌子很宽，在这什么都能做。”

阴明爱只是像瞪着世源一样说说而已，但对于世源而言，听起来像在说“在这什么都能做，你知道那是什么吧”，所以世源偷偷背过脸去，因为这不是什么愉快的想象。

“想吃什么?”

阴明爱问，像是饭店里等待点菜的服务员。

“吃什么？有什么就吃什么吧，就每天在家吃的。”

“呵。”

阴明爱发出了很难分辨含义的呻吟，她打开大型冰箱，可以看到装得满满的速冻饭、鱼罐头，还有变得干瘪的水果。阴明爱拿出一个速冻饭和两盒罐头，用微波炉热了热饭，又将罐头启开放到盘子里。从拿出速冻饭，到她将微波炉的门啪的一声关上，一共用了不到三秒钟。微波炉嗡嗡地开始工作。

“不热吗?”阴明爱问。

这次的声音比较柔和。世源摇了摇头，他感到房间里空气在飘浮。这是个所有事物移动都很缓慢的房间，冰箱门关上的时候，碰撞的声音都跟其他地方不一样，声音传播的媒介——空气，那本身似乎就不一样，即使分明传来了声音，充盈四周的还是寂静，并且是那种能刺激人情绪的寂静。世源不算是高敏感度的人，他成长得很粗糙，因此对刺激情绪的环境带有叛逆感。他嚓嚓地吸着嘴唇。紧张。肚子一点不饿。

“我问你热不热。”

阴明爱把速冻饭和罐头放到盘子里，又问。她把食物放到世源前面，阴明爱的手虽然小，但严重裂开的褶皱很多，那手让人想转过头去。与其说是因为劳动所致，不如说更像是在含氯的室内游泳池里泡久了，忘了抹甘油，最终伤到手。两个罐头一个是青花鱼，另一个是放了盐和油的四季豆。速冻饭没有全熟，表面很烫，里面却像冰一样，青花鱼飘在油汤上，四季豆散发出石油的味道。

“不热。”

世源没好气地回答。

“他也许会问这问那。他本来就很阴险，认为别人都像他那样耍花招，无视他就行了，但不要无礼地行动。三流知识分子原本自尊心都很强。还有这个。”

阴明爱朝正在吃饭的世源深低下头，低到可以看到后脖颈，然后将头发都捋到前面，胳膊抬到脖子后面，取下了项链。

“这个也还给他。这是他买的，我不能留。虽然不是很贵的东西，但也是宝石，所以你单独拿着去。”

“现在没有其他特别的东西了吗？但是那个人，不在家的话怎么办呢？”

“不会的。”

阴明爱不屑地冷笑着。

“他是个没地方可去的人。四季豆别撒了。你是学生吗？”

“不是。”

世源有些不高兴地说，最后的饭嚼都没嚼就咽了下去。

“吃完就出发吧。”

“给点水吧。”

“那不是有吗?”

阴明爱冷冰冰地指着冰箱，这时传来了扑棱棱的鸟翅膀拍动的声音，窗户那边一只翅膀硕大的鸟在院子里扑棱棱飞了起来。一只像飞机一样巨大的鸟。

真是个让人心情糟糕的女人。世源把行李放进后备厢，边发动汽车边想。车是1996年型的伊兰特。他还挂念着最后阴明爱给的项链，据说虽然不贵，但是宝石的。世源所知道的宝石就是顿敬淑的金戒指或继母喜欢的那些人工宝石。“虽然不贵，但是宝石”，这到底是值多少钱的东西呢?世源觉得很好奇。他从兜里掏出项链，仔细看着，看起来没有什么大的不同。项链上面挂着闪闪发亮的吊坠，和夫慧琳在市场上看到的那种她很喜欢的嵌在发卡上的亮珠差不多。

这只是单纯的好奇心。世源把项链揣回兜里，心想。

那样的女人，接触的男人是固定的吧，像电视里出现的那些男人。世源想快点结束工作，忘记另一个世界的事。阴明爱告诉他的那个男人的家，位于不久前刚结束地铁施工、新车站耸立起来的地方，二十多层的拱形楼群排列在路边。世源要去的是那栋拱形楼的九层，但当他按下门铃时，伸出头来的男人和世源想象的不一样。

“我什么都不买。”那个男人马上说。

世源从电梯里费劲地把行李一次都拿了过来，体积再小也有四堆。

“别白浪费时间，去别的地方吧。”

男人看起来三十三四岁，脸黑不溜秋的，像是抽了太多烟，下巴上有突出的伤疤，像是剃须留下的，身高中等，就算说客套话，也算不上长得好看的，说得严重一点，有点像猴子，狭窄的额头，满是皱纹的眉头，四肢体毛很多，鼻子一扇一扇的，脸上闪着油光，好像没洗。

“我是跑腿儿的。阴明爱让我来的，给一个叫宇均的人。”

“是吗？”

男人用怀疑的眼神看了一会儿，然后让世源进来了。

“把行李送来了是吧？分明说昨天之前送来的啊，也不守约定，这些女人！什么都做不好，还像鹦鹉一样那么多不满。不看都知道，肯定把重要的东西都落掉了。她们认为，只要耍赖就什么都能办成。”

宇均夸张地张着双臂吵嚷着。整个房间里无法形容地又热又窄，还很脏乱，好几个漂着烟头的依云矿泉水瓶很显眼；大号鞋子散在各处；床上摊着冬天的外套，也许晚上盖那个睡觉；压碎的草莓散落在地板上。宇均焦急地找烟，点上火，在卫生间进进出出，似乎匆忙地找什么东西的样子，然后问世源。

“什么，这就是全部了？没必要确认，你现在可以走了。还需要什么签名吗？”

“不是签名，那个包，草绿色的包我得拿回去。”

“什么？”

宇均眨着浓眉的双眼。

“你现在让我把那个草绿色包里的东西倒出来是吗？哈！竟然敢对我提那样的要求！你从那个叫阴明爱的女人那儿拿钱了吧？来，你自己倒。”

宇均好像火气冲天一样，双手握拳，哆哆嗦嗦地发抖。世源走到宇均指的沙发旁，把草绿色包里的东西都拿了出来，虽然包看起来挺值钱，但里面装的都是没洗的内衣和袜子，很多东西像擤鼻涕的纸或脏毛巾一样，几乎是垃圾。世源将包反过来倒出最后的东西，没有说话，宇均好像反而有点害怕了。用一种士气大减的语气问：“她还好吗？嗯？她。没有什么歇斯底里，或者没有精神，或者哪里生病吗？”

世源什么都没有回答，拎起包准备消失。现在回到阴明爱那儿，还给她包，拿走剩下的钱就可以了。只有这些。

“那个，不喝杯茶吗？或者天气这么热，来杯可乐之类的。她没给别的什么东西吗？信之类的。没有什么让你转达给我的话吗？”

去你的吧。世源心里想。他马上想到兜里的项链，如果不给他这个，那个女人有一天会知道吗？即使知道了，那个女人关于他除了名字什么都不知道。

“坐这儿吧，给你来杯可乐吧。你不是未成年吧？喝杯酒？啊，你要开车吗？”

宇均让世源坐在沙发上，语无伦次地说。世源陷入关于项链的思考中，应该给还是不给，值多少钱啊。

“那个，你跟她睡了吗？”

世源听到这句话，很快从思考中摆脱出来，勃然大怒。

“说什么呢？我说了我是打工的，只是拿钱干活儿。”

“她应该还没有买别的鸟吧？和我生活的时候，她养了伊朗曼斯日阿红鹤，味道别提多难闻了，那家伙待在卧室旁边的阳台上，我的头都会疼。我背着她偷偷在泥鳅里放了老鼠药，所以，哈哈哈，就死掉了。头歪歪地耷拉下来，眼皮发黄，翻了上去，肛门里出来些脓一样的东西，还带着血，没走几步就一下子倒下颤颤发抖了。哈哈，你几岁了？是好奇心很强的年纪吧，从来没看过那样的场景吧？怎么样，不想看吗？”

宇均好像并不关心世源是否在听自己说话，他从冰箱里拿出可乐，倒在脏玻璃杯中，吵嚷着，就像害怕话音中断就会发生什么事一样。世源从兜里掏出项链。

“她让我还你项链。”他把项链放到可乐杯旁边。

宇均握着双手，发出呃的惊讶声。

“这是全部了吗？”

“这是我拿到的全部。”

“没有钱什么的吗？”

“没有。如果你怀疑我，可以问那个女人啊。我不做那样的事。啊，到底把我看成什么了？”

“对不起。你看过一部名为《我的梦在阿茉兰蒂》的电影吗？”

“没有，我不怎么看电影。”

“那是我拍的电影，虽然不是我亲自导演的，但几乎所有的工作我都亲自做的，是以四个十几岁的孩子为原型策划的电影，反响很好。一次都没听说过吗？”

“没有。”

世源生硬地回答。

“那电影《切尔西姑娘》怎么样？看过吗？一年前才上映的，没看过的话，也听说过吧？《切尔西姑娘》虽然没有《我的梦在阿茉兰蒂》那么成功，但也是受到了高层次观众注目的作品。是啊，那是作品，不能只把它看成商业消耗品。专家的水平存在高低，观众的水平也参差不齐。一定的。这不是量的问题。关注上座率的人只能是傻瓜或生意人。《切尔西姑娘》是部艺术品。学校里应该有对电影感兴趣的同学吧？你有没有听他们说过关于《切尔西姑娘》的话，哪怕一次？有没有一些不只成绩好，而且知性聪明有个性的同学，他们有没有对《切尔西姑娘》说过什么啊，哪怕一次？很小的也行，说给我听听吧。嗯？拜托了。《切尔西姑娘》是我的剧本！”

“我没看过，也一次都没听说过。我不看电影，我的朋友也不看。一年就看一次，但绝对不看韩国电影。还有，我不是学生。”

“低水平的娘们儿。”

宇均为了重新找回冷静，擦了擦冷汗。稍微平静一些后，他向世源投去冰冷嘲讽的目光。

“顶多也就捞个那样低贱的毛头小混混，还趾高气扬地说大话，阴明爱，你顶多也就这个程度。真可笑，曾经抢手的阴明爱上了年纪也成了蔫白菜了！顶多就派那么个东西过来显摆！可能还以为我会嫉妒呢！哈！就对那么个无知的、没教养的、没受过教育的、放肆的城市垃圾！一点小钱就上钩的那些东西也算男人?！你回去就这么跟她说。一句也不许漏掉。知道了吧?”

宇均几乎推着把世源赶了出去，然后哐地关上了门。

上了年纪变得寒碜怎么办。

阴明爱没有过那类苦恼。她边打扫厨房边轻松地吹着口哨，将吃剩的饭、空的容器和罐头盒扔进垃圾桶，喷上芳香剂，然后去浴室洗手，仔细地打上肥皂，用粗糙的毛巾擦干，最后撒上了外科手术用的消毒药。没有抹润肤露。

“你有女朋友吗?”

听到她问，世源默默地站着点点头。

“一定很漂亮吧。”

这次阴明爱没有问，世源没有回答。阴明爱用手啪啪地抖了抖毛巾，把它挂到挂钩上。

“想看看二层吗?”

“好。”

世源的声音很微弱，勉强发出声来。

“想过当演员吗?”

往二层走时，阴明爱突然问道。

“没有。”

那不完全是事实。两年前，世源曾在街上被星探选为杂志社的街头模特，那时候他还接到过当一名正式模特的提议，所以世源曾想，要是有钱去上个模特学院也不错。但是因为没有钱，也没受过教育，所以世源的态度太粗俗，没有人愿意援助他，只好放弃了。

“要是能改改这别扭的语气就会好很多。”阴明爱自言自语地嘟囔着。

二层有卧室，阳台留着养过动物的痕迹，还有一间小客厅，里面搁着随意插放破杂志的书柜和旧式沙发。阴明爱打开通往阳台的门，点亮灯，首先扑鼻而来的是浸渍在瓷砖上的动物排泄物的味道，世源反射性地捏住鼻子往后退了一步。阳台上有两个鸟笼，一个是养小鸟的，另一个是中型的，还有一个漂着泡沫和漂浮物、像脏泳池一样的水桶。阳台是一副让人呕吐的景象，粘上的残渣没有完全清除，白色的羽毛到处都是，地上还有一条链子，银色的锁扣在上面闪闪发光。

“来。”

阴明爱抱着胳膊，好像在饶有趣味地让世源欣赏着阳台，并对他说：“这就是我可爱的库尔查卡生活过的地方。虽然现在它死了。”

“库尔查卡，指的是那只鸟吗?”

“库尔查卡不仅仅是只鸟。”阴明爱凶狠地挑起一侧眼眉，好像让他不要说令人不快的话。

“我每天晚上都给它爱，库尔查卡慢慢地变了。一天晚上，我出去一看，它成为了一个拉屎的男人。”

阴明爱少有地露出牙龈美滋滋地笑着。

“然后呢?”世源咕咚咽下口水，不自觉地反问道。

“来，你听着。”

阴明爱亲切熟络地拍了拍比自己高出一头的世源的肩膀，把脸凑了过去。由于背对着阳台的灯，她凑过来的脸更加阴暗，还带着阴影，只有眼珠和嘴的轮廓显得清晰，让人觉得像被猛兽的瞳孔盯住一样可怕。这张脸发出了阴明爱的声音。

“我男朋友嫉妒这件事。库尔查卡，我可爱的查卡变成人，让他很不安。所以……”

“给他吃了老鼠药!”世源突然惊呼道。宇均吵嚷的声音好像就在耳边，他冒了一身冷汗。

“什么，你知道?”

阴明爱发出充满失望的呻吟。

“一点。”世源后悔说了出来。

“作为对他杀死我的查卡的报答，我在这儿养了那个禽兽一样的人，看到那个链子了吧?我用那个拴住他的脖子，让他在这儿拉屎。”

阴明爱翘起下巴，语气平静。

“真脏。他总是骂查卡脏。那个味道，现在也能感觉到吧？他更脏，和查卡没法比。”

阴明爱微笑着。

她在说谎，在逗我玩。虽然世源这样想着，尽力镇定坦然，但没办法，心情还是变得很差。

“那为什么没有继续下去呢？”

世源问。

“养禽兽要比想象的辛苦，我没有那么强壮可以持续下去。”

阴明爱向后退了一步，让世源能够过去。

“当然，如果现在养其他禽兽的话，也许会不同。”

阴明爱巧妙地在“其他禽兽”这几个字上加了重音。

“我不想养禽兽，但想过不一样的生活。”世源说，他都不知道自己所说的话的意图。只是，如果不说点什么，就很难忍受那奇怪的紧张感。

“啊哈，是吗？和什么不一样？”

“我的……父母或家人。”

“是吗？你有父母或家人啊。还以为你是被抛弃的孤儿。好，你想说说吗？”

“不。”

“那就随便吧。大家都差不多吧？但如果你是不太一样的禽兽的话，你的故事也会不同吧。你读过托尔斯泰吗？”

世源摇头说“没有”。

“他出生在一个非常富有的贵族家里。”

“那一定度过了很爽的人生吧。”世源好像没什么兴趣，无精打采地说。

“当然，很爽。最后成为一个穷光蛋老人，死在乡下的火车站。”

“我很讨厌上了年纪后变得落魄。”

世源打了个寒战，又问：“成为演员之类的人，成功的话，会比学技术富上百倍吧。”

“读托尔斯泰的话，你也许真的会成为什么有名的人。”

“别开玩笑了。”

世源抽了抽鼻子，从阳台上躲到一边。

“这里味道太大，不能久待。真的。”

“待久了就什么都闻不出来了。”

“现在得回去了。”

“好的。”

阴明爱转过身。她刚一转身，充满湿气的头发味道呼地扑了过来，不仅是阳台，整个家里都弥漫着令人作呕的气息。世源感觉心里很憋闷。

“能用一下浴室吗？”

“在左边。”

二层的浴室很窄，浴缸是用有光泽的金属制成的。浴室里有用毛巾布做的旧拖鞋，窗边挂着一个很小的、门已经掉了的鸟笼，当然里面什么都没有，只散落着类似鸟食的东西。洗脸池上放着一个好像刚用过的男用剃须刀，是打开着的，似乎有人急着想磨刀片，又放弃了。挂在那儿的旧刀片粘着血迹，用手指摸上去，感觉血迹就像挠下来的皮肤碎屑一样软。一只牙刷掉在地上，除此之外，一切都很整齐。世源用凉水洗了洗脸，往头发上洒了点水，用肥皂擦了擦手，还涂抹了也许是阴明爱用的乳液。乳液几乎是新的，瓶子上没有任何字，只写着“麻风病的人们”，像是慈善团体做的，让人猜测她只是为了捐款而买了不太需要的便宜乳液。世源照着镜子梳了梳头发。

他虽然成长于恶劣的环境中，但懂事以后就常听别人说他长得好，在一起接受职业教育的女孩子里，还有些人很主动地向他求婚。未来会做什么，世源还不清楚，虽然在接受职业教育，但世源不想成为技工，也不大愿意在工厂当职员，当美发师或者在娱乐场所工作，也和世源的兴趣完全不符。不管做什么，未来必须要有个选择，这真是让人窒息的事情，但不能总从吝啬鬼顿敬淑那里拿钱生活啊。他用手指静静地扫了扫浓浓的眉毛，感到额头的皮肤都敏感地颤了起来。刚遇到夫慧琳的时候，世源也想过为了她去赚钱，有了钱就可以把夫慧琳从那个老魔女一样的表贤净那里解救出来，还可以把她发愁的父亲的债也都还上，但那是荒唐的事，世源现在才知道，那是多么寒心、天真的梦啊。不可能实现，也不想尝试了。很明显，表贤净希望靠脸蛋标致的女儿，从年轻男人那里得到钱，自己一旦卷进去，最后只能成为粘在蜘蛛网上的苍蝇。未来的事情，现在决定还有些早，不，以后也一直会早。总有一天，他需要最终决定未来究竟做工人还是店员，世源害怕那一天到来。

“在吗？”

世源从浴室出来后没有看到阴明爱的踪影，虽然阳台的灯关了，但门还开着，令人作呕的气味的空气渗进来。《时尚》杂志散落在地上，通往楼下的台阶很昏暗，卧室门依然关着。世源等了一会儿，想着会不会有什么声音或味道，如果什么都没有的话，他就想直接回去了。

“在哪呢？我要回去了。”

房间里依然是沉默，台阶旁的开关在哪呢，世源摸索着。墙壁上贴着粗糙的壁纸。传递到手掌上的感觉过分地锋利。突然，他想到，也许应该敲敲卧室门。但如果没有人，或者阴明爱在里面，世源会给人留下相当无礼的印象。世源在台阶边上陷入了混乱，虽然她年龄大还长得丑，但这毕竟是女人的卧室。但是，万一世源在浴室的时候她出了什么事呢？世源在客厅里徘徊。

“那个，您在哪呢？”他喊道，走到卧室门前敲了敲，一开始静静地、小心地敲，但过了一会儿，他打开了房门。

“你整天到底在想什么呢？你想做夏天的棉连衣裙，还是蕾丝胸罩?”

表贤净的唠叨没进夫慧琳的耳朵，夫慧琳只是一边听收音机里的音乐，一边不停地流着眼泪。表贤净觉得，夫慧琳是在悲秋。对于缓解抑郁症，甜的东西比较好，表贤净舀了满满一勺花生奶油，递到夫慧琳嘴边。

“吃吧，味道很好的。”

夫慧琳知道花生奶油有多贵，妈妈为了孩子不惜花钱。夫慧琳擦干眼泪，咕咚吞下了花生奶油。成块的脂肪费力地通过喉咙，在那冲击下，鼻涕流了出来。

“再给你一勺啊？不，还是抹在面包上吃好。太干的话就和牛奶一起吃。”

“我没有胃口。”夫慧琳说。

“竟然没有胃口。是不是身体哪里不舒服?”

表贤净看着夫慧琳的眼睛，似乎有些着急。

“没有。我也不知道怎么回事，就是很伤感。”

“到了不能忍受的程度吗?”

“是的。”

“那就别干活了，今天我决定自己干活。”

“那也行吗?”

夫慧琳眼睛睁得圆圆的，表贤净一次都没有对夫慧琳那么宽容过，夫慧琳大喘一口气。最后一次称体重是上周，七十五点五公斤，夏天以后暴长了三公斤多。没吃好也没睡好，但体重还是可怕地增长。好像一直紧紧包裹着夫慧琳的某种抑制力量突然被释放，夫慧琳的体积在奇怪地膨胀着，不仅体重是如此，她自己甚至能够感觉到，自己所占的实际体积也像吸了气的青蛙，大肆暴长，人们都不愿意站到夫慧琳的旁边。她和表贤净一起去商店的时候，与表贤净的无限娇小、凝缩相反，夫慧琳感到自己就像大象或野猪一样胀得很大，简直无法忍受，虽然这不是什么新鲜事，但变化的速度让人害怕。而她的抑郁症，即使巧克力饼干吃到要吐也没有消除。夫慧琳出现了肠胃障碍，表贤净就把甜的梅子果汁拿来，夫慧琳整夜喝着那满是糖的梅子果汁。

“到底为什么会这样?”

表贤净还没忘记唠叨。

“每天就这么光长肉，白白胖胖的，究竟有什么心里放不下的，为什么总哭哭啼啼的啊？今天就听听理由吧。”

“我，说不出什么。”

夫慧琳的眼睛里又开始噼里啪啦地落下眼泪。

“嗯——妈妈，我，害怕上了年纪之后变得落魄。”

“什么？就这个理由?”

表贤净无可奈何，噗地笑了出来。

“每个人活着都要想适合自己的事，你不是贵族，可你去想他们可能想的事，怎么会不得抑郁症呢？努力工作，然后还债，还哪有工夫发牢骚？我说过，你几个舅舅中有人疯掉然后死了的事吧?”

“嗯，我听过。”

夫慧琳一个劲抽吸鼻涕。

“那位老兄有看书过目不忘的才能，只要下决心，背下整本书易如反掌，唉，但他总是在考试中落榜。原因是，因为整个背下了一本书，所以只能按照那个顺序记忆，如果题目是关于第一百页的内容，那么他得从第一页开始背，只有背到第一百页，才能正确回答那个问题。所以在考试时间内，总是只能完成一两道题，再多就难了。这怎么能考上大学呢？他分明是个天才，但在学校里成绩一塌糊涂。有一天，他想把百科词典都背下来，那正是他背些理发店里传看的爱情小说或杂志来消遣的时候，但当父母知道百科词典的价格贵得让人瞠目结舌之后，只能对此表示嗤之以鼻。他想背百科词典，又不知如何是好，最终得了病，整个人疯掉后，终于有一天离开了家。所以说，不适合自己的想法总是会招来疾病。”

夫慧琳哇的一声大哭起来，可表贤净觉得这个故事一点也不悲伤，所以她看着女儿的行为，觉得有些奇怪。

“不管怎样，你休息一下比较好，分明是秋天的错。”

身体在膨胀，不断地吃花生奶油，一天劳动十二个小时多，一点想其他事情的时间都没有。按照表贤净所说的，如果不陷入思考，就不会有悲伤，因此，夫慧琳得抑郁症的原因是因为，她没有更加努力地让身体动起来。是什么突然让夫慧琳悲伤，其实她自己也不是很明确，年轻就会那样吧！夫慧琳用针不停地刺着手指。自己的未来会怎样，夫慧琳很清楚，能背百科词典的天才都没办法的事，自己怎么能行呢？她不知道到底为什么这样，心里更加郁闷。夫慧琳用两个肥嘟嘟的拳头捂着嘴，抽泣着。没办法知道，为什么呼吸这样不顺畅。世源。夏天的时候，他说去找冷冻仓库的活儿，那天之后就杳无音信了。

两只胖乎乎的鸽子

“我起初觉得，所谓名字不是那么重要的东西，那只是根据需要而起的一个符号，和他自己的主体没有关联。名字就像命运一样，与自己的意愿无关，这两个孩子的名字却有着客观上无法解释的地方。名字叫‘马利’和‘漠’的并不多见，不是吗？现在我的想法有些变了，起名字的虽然大多是父母，但被叫的是当事人，所以，名字会像病毒或细菌一样侵入那个人的人生，深深地渗透到细胞，于是通常会成为人格的一个要素。我有些好奇，这两个孩子的父亲是怎样的人，他现在不在孩子们身边，听说他家里非常富有，而且还读了非常多的书，虽然名声和财产都已经是过去式。孩子们的妈妈是个普通的女人，而且一看就知道，是那种不太喜欢个性名字的低调风格。这两个孩子，说简单些，在某种程度上对被关注已经适应了，他们之所以受关注，并不是因为别人会说他们长得可爱，或者长得奇怪、不精致，只是因为名字。简单想想，就会觉得挺可笑的，重要的是，孩子们也知道那一点。他们属于早熟的孩子，在他们面前要始终谨慎，不能说关于爸爸的事情。来，马利，漠，过来跟大人打个招呼吧。这是新老师。看看这两个孩子。小孩都很可爱，但这两个孩子看起来尤其可爱，胖胖的样子，就像盛在盘子里的两只白鸽子。”

看孩子的工作真是不太愿意做。这和孩子们的名字又有什么关系呢。珍珠整个夏天都在带两个淘气的男孩，跟他们摸爬滚打，都快起痱子了。现在刚刚解脱，希望这一次遇到的是文静点的孩子。照顾家里没人看管的孩子，你需要帮助他们做作业，准备好上辅导班的东西，给他们做加餐，接他们放学，去玩具店购物，周末跟他们一起去博物馆或动物园，看儿童电影或音乐剧。孩子们要求的话，还得去坐过山车。要是孩子更小一些，量体温还要把体温计插到他们的肛门里，或者用肉和水果做断奶食品。这样的事，珍珠做了一年半。上午她在残疾人特殊设施里做计时教师，因为需要更多收入，于是开始打这份工，这期间，珍珠看了两遍有“爱丽丝”的电影，三遍有“彼得·潘”的音乐剧，有魔法师出现的儿童话剧看了五遍，还有一次，扮成魔术师助手的角色参加了派对。育儿保姆虽然比想象的挣得多，但要直接面对孩子，很费心。听说马利明年春天就要上学了，漠已经十岁，他们看起来很普通，平凡而安静，或者是因为珍珠太疲惫，所以看什么都很平淡吧。珍珠没能睡好觉，工作结束就已经是深夜了，回家经常要花一个小时。最重要的是，准备结婚耗费了很多时间，他们计划秋天一定得结婚。因为这事，珍珠脑袋乱得要炸了，所以没有余力关心孩子们胖乎乎的外貌或奇怪的名字。现在，珍珠马上就有属于自己的窝了，因此也对别人的孩子没什么兴趣。另外，跟此前保姆称赞的不同，孩子们并不太可爱，但不管怎样，没有关系，可爱的孩子都有些自私，还不如普通的孩子好。

“午饭，我们出去吃怎么样？”

对于珍珠的提议，孩子们不约而同地点头同意。啊啊，果然是文静的孩子，真幸运。

珍珠很想谢谢他们。

“你们喜欢什么？”

顶多就是披萨或者汉堡吧，珍珠打算把他们交给快餐店，然后赶快去看看周边的出租房。到秋天所剩时间不多了，他们还没想好住在哪儿呢。

“什么都行。”

哥哥漠开口说道，但与文静的态度不同，相反，语气中分明带着不耐烦的感觉，珍珠有些惊讶。

“那马利，你呢？”

妹妹马利的脸色不太好，门牙已经变黑了。下次得带她去看牙医了，珍珠心里想。

“奶酪蛋糕和乌冬。”

“傻瓜，没有同时卖那两样东西的店。”漠撇撇嘴。

“没关系，吃奶酪蛋糕，然后再吃乌冬不就行了吗？马利，你喜欢哪家的奶酪蛋糕啊？”

珍珠哄着孩子们。

“普莱斯特。”

“不行，那太远了。”漠又说。

珍珠心里想，是的，普莱斯特太远了，但她闭口不言。

“那去哪呢？”马利露出发黑的门牙，向珍珠问道。

珍珠忍住没有叹气，如果想去找出租房，就没时间磨蹭了。

“马利，饺子怎么样？你喜欢吃饺子吗？”

珍珠抱起马利和她搭话。

“饺子和乌冬味道差不多。马利也知道吧？”

“我也喜欢吃饺子。”

马利笑逐颜开。

“我知道一家饺子店，我们先去那里吃饺子，然后在回来的路上再想想去哪买奶酪蛋糕怎么样？附近也会有蛋糕店的。”

其实，珍珠不认为普莱斯特的奶酪蛋糕比其他店的好多少，也许马利的想法也是一样的。因为有很长时间照顾孩子的经验，珍珠已经习惯了小孩子只是为了要犟而提出奇怪的要求，对于那样的孩子，先维护他们的自尊心，再哄一哄就可以了。珍珠赶紧让孩子们坐上车，开往通向首尔的路。

珍珠打电话的时候，对方那个房屋中介公司男业务员不赞同她的想法。

“用那点儿钱想找到阳光好、视野好的房子，那是异想天开啊，不管面积多小都是。嗯，如果你能接受旧式厕所，那还能帮你找找。如果在山上，夏天和冬天会比较难受，没有洗澡间，厨房也很破旧，墙面会嗖嗖地透凉风，屋里还会有很多虫子。如果这样也行的话。不过，最近谁都不想要这样的房子。”

珍珠当然也一样。他们拿出所有的钱也租不到舒适的公寓或商住两用楼，结婚和同居不同，是要给别人看的，因此，“旧式厕所”和“没有洗澡间”根本不行。珍珠下定决心，绝对不在那样的地方生活。

饺子店里人很多，他们得在等候室里等十五分钟。珍珠给马利重新别发卡的时候，看到了她头上满是爬动的虱子，吓了一跳。漠虽然穿着价格不菲的外套，但衬衫领子很脏，那是穿一次就得干洗的衬衫，好像很久都没洗过。据珍珠所知，这两个孩子的妈妈是全职主妇，所以她认为，那个人不是对生活很漠然，就是很懒惰。珍珠点了三人份的饺子，自己没有吃。

“来，乖乖地慢慢吃啊。我暂时在这附近办点事，如果吃完我还没回来，你们就在等候室等我，虽然应该不会。”

把孩子们放在那儿出来，珍珠有些担心，但不能错过房屋中介公司介绍的“很便宜、视野很好的公寓”。房子离市区近，而且位置处于地势高的地方，空气很好，周围有绿地和山，还通燃气和热水。不足之处是有点小，但那对于新婚夫妇来说，还不算是问题。她特地跟房东约好在今天太阳落山之前看房子，听说这房子便宜得令人难以置信，所以不赶快决定就会错过。珍珠再次拜托饺子店的老板帮忙留意两个孩子。

“他们很乖。如果吃完饺子还想吃别的，就给他们。他们也许会想看杂志或其他的书，两个孩子都很爱读书，他们的爸爸是个非常聪明的人。他们不会吵闹什么的，我最晚四十分钟以后回来。我保证，也可能会更早些回来。”

虽然珍珠说她要离开，孩子们却异常地安静，没等别人要求，他们自己已经把餐巾铺到膝盖上，一口口抿着送来的茶，加上饺子店老板看到孩子们衣着光鲜，给人家庭富裕的印象，二话不说便同意了。这样的事情大多比想象的要让人费神得多，珍珠有种发了横财的心情。但她心里还是很着急，中介告诉她房子的位置离这很近。这里还有饺子店真是幸运，开车快点的话不到五分钟就能到。中介指引的位置是，从隧道往上走，会看到山旁有个村口，就在沙果树林路的上面。首尔市中心竟然还有沙果树。但是珍珠从隧道往上走的时候，没看到沙果树，也没看到树林，什么都没有，只看到燃气商店和盖着瓦片的算命占卜店。珍珠向他们问路，燃气商店的人哼的一声，像擤鼻涕一样，然后回答说：“沙果树林，不知道是否应该把那叫做树林。有是有。大约十年以前吧，但如今在那上面呢，不是树林，就剩几棵树了。还有，你找的公寓，沿着沙果树林路，路的名字跟以前一样，要走上一段时间，然后真的会出现一条林间路，盛夏的时候，树木叶子很茂盛，所以道路光线很暗。出了那条林间路，就会神奇地出现一座建筑物。如果从对面的市场过来的话，有一条更近的大路。这边的路，人们都不太走。”

就像燃气商店的人所说，树林是出现了，果然是沙果树林路上面的树林，但沙果树一棵都没看到。林间路上满是垃圾、旧沙发、小型冰箱，还有空的狗窝，都被丢在树林边的排水沟里，沟的周围苍蝇飞来飞去，飞虫挂在蜘蛛网上，逐渐干枯。道路宽度勉强能通过一辆车。被丢掉的旧沙发下面，烟头、碎酒瓶和装着黏合剂的塑料袋滚动着。

“我来看 402 号。”

珍珠跟建筑物管理员说，然后焦急地看了看表。过来花了十五分钟，孩子们现在会做什么呢？经过树林之后，建筑物正如燃气商店的人所说，神奇地出现了。这是座五层的建筑物，当然没有电梯或停车场，车就随便停在树林里的空地上。楼墙已经变得摇摇欲坠，裸露着钢筋，每家都把阳台用做仓库，在污渍中露出各种杂物。建筑物分为 A 栋和 B 栋，破旧肮脏得让人震惊。珍珠一下子感到浑身没有了力气，租金便宜总是有原因的，她安慰自己。朝台阶走过去的时候，一层的一家窗户里突然出现一个人的脸，珍珠吓了一大跳，停下了脚步。那是张女人的脸，年龄看起来在二十岁左右，肤白而且可爱，但眼睛有些浮肿，颈部的肉挤在一起突出来，就像得了甲状腺病。在非常丰满的身体上面的脸看起来很虚弱，给人一种病态的感觉。女人揉揉双眼，在珍珠的面前关上了窗户。402 号的主人是个上了年纪的老太婆，此刻正在家。

“我只有五分钟，只有五分钟啊，马上得去市场。房子都差不多，能有什么不一样的。来，你随便看吧。”

老太婆让珍珠进到房子里，就像房屋中介公司的人说的那样，房子视野很好，通过阳台可以俯视到树林下面，还会刮来凉爽的风，但风里带着垃圾树林的腐臭味儿。房间一小一大，加上浴室和阳台，便是全部，房子的结构就是这样的。木制的门框毫无例外地都已经弯曲，合不拢，漆也掉了。虽然珍珠看了很多便宜的出租房，对寒酸的景象也并不陌生，但还是有些惊讶。那个大点的房间曾住着五个人，即使说是大房间，看起来也不过五平方米。那里有一个好像体液都已干涸的干瘦老人躺在被子里，张着嘴，闭着眼，一动不动，不知道是睡着了还是死了，还有两个看起来像是双胞胎的小男孩，在浴室里，一个看起来像是中学生大小的女孩在洗衣服。

“你得快点做决定。”老太婆催促道。

“我只有五分钟时间。想租这房子的人很多，这么便宜。”

“我现在不能马上决定，必须和未婚夫商量一下。”

“哦，要结婚？那要过新婚生活？对于新婚夫妇来说，哪有比这好的地方？视野好，离市区也近。最重要的是，不需要太多生活费，邻居们也很亲切很安静。”

老太婆的话还没有说完，就从墙的那头传来哐的响声，像是沉重的木菜板掉落的声音，不像是掉在地上，而是掉在别的什么更软一些的东西上，举例来说，像人的手或脚背之类的。然后就是有人狠狠打耳光的啪啪声，然后传来了压抑的哭声，虽然哭声马上停止了，近得让人害怕的喘息声和地板上的摩擦声却持续了更长的时间。对面走廊里飘来烤猪肉的味道，一层传来孩子们的尖叫声和玩耍声。珍珠保持沉默。老太婆故意把水龙头开得很大。

“还有自来水，在这么高的地方哦。”

“不管怎样，今天之内我会打电话给您确认。”

“那好吧。”

珍珠想赶紧离开那个地方，眼泪好像要流下来了。

“嗨，有钱吗？”

珍珠往车那儿走的时候，一个人拦住了她。这是一个瘦得像骷髅一样的男人，廉价的衬衫衣角没掖好，胡乱地露在裤腰外面，脸上长满了皮癣，个子很高，珍珠要仰视才行。他的头发好像是在家里剪的，长短不一。

“光看啊？有钱的话能分给我一点点吗？啊，没有也没关系。”

不像是个坏人，应该是个脑子稍微有点问题的人。珍珠从包里拿出钱。

“需要多少？我没有很多。”

“我不要很多，硬币就行。给一百韩元就行，如果你钱多，就给二百韩元也行。”

瘦男人撇嘴笑了笑，粘在嘴角的口水簌地流了下来。珍珠一阵恶心涌上来，她想，不管租金多便宜，绝对不能住在这样的贫民窟。

“来，都拿走吧。”

珍珠把一张一千韩元的纸币递给男人.

“嗯，这太多了。如果找结婚新房，钱会不够啊。”

男人像傻子一样咧嘴笑着，把钱收了起来。

“你怎么知道的?”

“嗯……这里消息传得很快的嘛。”

珍珠默默地站在那里。他们拥有的钱无法在首尔找到像样的房子，但那样的时间不会太长。他们都完成了大学以上的教育，两个人的收入合起来能有不少，所以情况马上就会改变。他们会暂时生活在这个地方或与这里差不多的地方，但不是这里的原住民。他们虽然是穷人家的孩子，但毕业于国立大学，即使不能在社会上出人头地，也能靠知识度过一生，因此，即使穷困也不会丢弃自尊和骄傲。珍珠昂起头，没什么可丢人的。

“说别人闲话令人很不愉快。”

珍珠自尊心过强，最终跟男人说了这句没有必要的话。可以说，这也不是这个男人的错误吧！不管在哪，这都是贫民窟的人相似的属性。在那种环境下生活了一辈子的人，对他们还能指望什么呢?

“是吗……我听我妻子说的。我妻子从隔壁老太婆那儿听说的，那个老太婆就是刚才给你看房子的老太婆。你也许会住的房子，那个，就在我住的房子旁边。怎么样，会在这里住吗？”

男人用衬衫袖子嗖地擦了擦凝干的口水。从他不断地簌簌流着大量口水这一点来看，男人的大脑似乎曾经受过伤。

“还没决定呢，得和未婚夫商量一下。虽然不会住很久，但这也不是我自己能决定的事。”

“是吗……？”

男人噗嗤笑了。补充说：“你们就像两只白色的胖鸽子……”

“那是什么意思？”

珍珠朝车那边走，感觉很惊讶，于是又回头看了看。她记得这话好像在哪听过，两只……白色的……胖胖的……鸽子……在盘子上的……但不管如何搅动记忆的迷宫，都丝毫想不起当初听到的这句话的意义。

“那是好的意思。新婚的一对什么时候都好看、美丽，不是吗？看起来可爱而且自豪。”

男人咯咯笑着，然后嘴里嘟囔地说，现在得走了，这个添麻烦了，谢谢你的钱，妻子最近不给我钱。男人转过身，看着他微驼的背影，珍珠似乎想起了什么，是关于大学时代的记忆，但要正确指出来，感觉很遥远、很模糊。记忆是真实存在的吗？珍珠无意之中朝男人走去。也许，你是我认识的人吗？或许，你认识我吗？她差点问出来。但当她看到眼前这个男人用灰白皲裂的手哧哧地挠着头发，散发着腥臭味儿的头皮屑哗哗地落到衬衫上的时候，珍珠后退了。不可能，那是暂时的失神，我怎么会这样，一定是太累了。和饺子店老板约好的时间已经过了，珍珠赶紧离开了那个地方。

体 毛 模 特

下午四点二十八分，比约好的时间早了两分钟。女人朝酒吧里的一张桌子走去。采访者一次都没见过，但女人的脚步并不犹豫，有些事情，即使没经历过也不会太难。女人属于依靠直觉的那一类，她的眼眉上挑，像是故意夸张出来的，相比之下，嘴角是下垂的，所以，她看起来要比实际年龄成熟三四岁。她个子高挑、身材有致，虽然外表不是很美丽，要把她归为普通，却也感觉有些可惜。女人正视着成道走过来，坐在他面前的座位上，用充满自信的姿态从手包中拿出一包新烟，打开包装点上了火，然后用毫不犹豫的表情正视着成道，那眼神好像在说："来，现在开始吗？"

成道先说了起来。

"怎么那么容易认出我了呢？我们一次都没见过哦。"

"你把录音机就那样放在桌子上，我怎么能认不出呢？"

女人的回答很明确很轻快，但声音与外表完全不同，像被压在沉甸甸的石头下面一样低沉。

“即便如此，您的态度……怎么说呢？没有一点别扭、过分地确信，反而让我很惊讶。”

“我最讨厌犹豫不决。”女人用一种似乎轻蔑的语气说道，回答得迅速而直接。成道打开录音机的开关。

“可以录音吧？”

“随便。”

女人似乎毫不关心地瞟了一眼录音机，然后说道。

“我喝欧蕾咖啡。”

女人不看菜单就点了。成道跟女服务员点了欧蕾咖啡和蓝山咖啡，酒吧位于一座旧建筑里，还以为会又乱又小，意外的是，它干净而且安静。成道放下心来，开始了第一个提问。

“我从一般的问题开始问吧，您的职业有些特别，能直接说说吗？”

“我是体毛模特。”

女人从嘴唇中吐出烟圈后，说道。

“您能说一下那具体都做些什么吗？”

“在照片或绘画中，需要体毛模特的时候，知道吧，你可以把那想成与画家的裸体模特或者电视里的身体局部模特差不多就对了。”

“什么时候开始做这个工作的？”

“两年之前。那时候我十九岁，高中毕业没有工作。一个男性朋友当时在做摄影师助手，有一天神情严肃地问我，是否能做体毛模特这份自由职业，然后我回答可以。那是第一次。不是能挣很多钱的活儿，也不是总有活儿，把它想成挣零花钱就行了。但也有自己的乐趣，我不喜欢被束缚在劳动量或时间固定的工作上，因此不想找一份一生都为了吃饭的工作。对我来说，这是个趣味适度、保持紧张感、让人快乐的工作，所以我一直在做。”

“两年前……”

到这为止都是成道已经知道的事情。大约一个月前，在市区有个年轻摄影师办了一个作品展，所有作品都是以人体的毛发为主题的，看不到模特身体的其他部分，如果不说明的话，连照片拍摄的是人体哪一部分可能都不知道。据摄影师说，他用了五名男女模特，其中一名就是这个女人。其他模特都是裸体模特兼做此事，只有这个女人不同，据说这个女人只做体毛模特。成道是《读者文摘》的职员，也作为自由撰稿人经常给杂志写文章，这次他将体毛模特这个陌生职业的女人当做了采访对象。其实，体毛模特对于普通人来说是个陌生的存在，成道对女人说，之所以想写有关她的报道，目的不在于介绍体毛模特这个职业，而是作为关于大城市里所需要的、丰富而非典型的生活方式报道的一部分。成道在准备阶段已经采访了好些人，在精神病收容所中被关了五年的吸毒者，有学位的失业者们，地下艺术家，十年间给十九岁至六十岁的十五名女子打电话说淫秽词语而被抓的三十二岁的电话性变态，过激的独身主义者，同性恋，和黑人结婚的中产阶层出身的女人们，同居情侣，酒店居住者和将外星人信作神的新兴宗教信徒们。对这个女人的采访也是其中之一。在为采访而进行联络的时候，女人以不拍脸部照片为条件同意了。女人有过几次接受采访的经历，对方主要是以男性为对象的大众文化杂志。成道读了那些杂志，知道女人二十一岁，出身于中产阶层，高中毕业后除了体毛模特之外没有从事过任何其他职业，是个每天要抽两盒半烟的烟鬼，做过一次堕胎手术，但没做过整形手术，做体毛模特的理由是“趣味适度”，不做其他事的理由是不想变得过于忙碌而减少属于自己的时间，喜欢的艺术家是麦当娜和马友友，喜欢的音乐是里姆斯基·柯萨科夫的《天方夜谭》，爱好是收集娃娃、做饺子和糯米糕。这些他都知道，因此，已知的事如果不是向女人确认的话，就没有必要再问。

“嗯，这样如何？你想象自己十年之后是怎样的，或者二十年之后也好？什么都行，有想起来的就说说可以吗？”

如果不是有采访，这是个很想慵懒地打着哈欠窝在沙发里的下午。女人斜挑起眼睛，挠了挠耳背，好像对成道的问题有些困惑。女人每次一上挑起眼睛，人为修饰过的眼眉就呈现出奇妙的曲线，上移到了额头上面。那时，女人的表情不成熟，甚至看上去有些疲惫，但马上又回到了普通的面无表情。乍一看，女人也有二十五岁或者更大，但女人耳朵后面密密的绒毛、圆圆的像刚刚冒出来的白指甲和格外丰腴光滑的脖颈说明，她只是二十岁出头。那只是局部的样子，整体印象如果用一句话总结，就是给人一种好像三十多岁的女人用粉底和唇膏化妆成年轻女人的感觉。

女人具有的无奈的先天性不平衡在外貌中体现出来，粗嗓音和白皮肤、简洁甚至有些无礼的语气和圆圆的下巴、无神采的眼珠和红嘴唇，还有上挑的眼眉和下垂的嘴角。

“您说十年后吗？”

女人好像被问到了没有准备的问题，反问一遍，然后就是一副陷入思考的表情。

“也许会什么都不做，我没有信心做体毛模特做到那个时候。我不喜欢旅行，也不喜欢和人相处，完全不知道会做什么。啊，突然思考这个问题，想不起什么明确的答案。但我讨厌皮肤变得松弛，至少变成那样是肯定的。我真的一次都没想过那些。”

“我不太相信，十年后您的皮肤已经到了松弛的程度。”

“是的，肯定会那样的，已经三十多岁了啊！”

女人固执地说。

“我认识好几个三十多岁的女人，没有一个人认为自己那么老，所以您尽可放心。”

“我的标准是我自己。”

女人拔出一支新烟，用不愉快的语气说。

“但也无所谓。我还不知道能不能活到那个时候。”

女人又回到了一开始的从容漠然状态。

“那么，这样的问题如何？您的家人知道您在做体毛模特吗？他们怎样想的？这个问题太俗了，不好意思。”

“家人当然知道，我还这样接受采访呢。如果说一开始就完全不介意那是假的，现在也确实不很在意了，他们从正面的角度接受了我步入社会做着某种工作的事实。”

“男朋友呢？”

“他也一样。我几乎总会被问到这样的问题，我想，最好撇开我的家人和男朋友。”

“哎呀，对不起。”

做了形式上的道歉后，成道又开始提问，像刚才一样，用的还是一种按部就班提问的淡然语气。

“问句闲话，您对这个社会的不平等或者贫穷之类的、和您自己没有直接关系的社会问题有过思考吗？”

“嗯？你说什么？”

“这个社会的不平等和贫穷之类的社会问题。”

“从来没有特别思考过，那不是大学毕业的人操心的事吗？我认为，那不是非要我思考不可的问题，而且，那也不是靠想想就能解决的问题。”

“那您最近关注的事情是什么？”

“找日式火锅餐厅。”

“您说什么？”

“我说找日式火锅餐厅，好吃的日式火锅。日式火锅做得好吃的餐厅并不多，有的餐厅汤太多，有的餐厅蔬菜和肉的搭配不好，有的餐厅不用鲣鱼汤，而用鳀鱼汤或海带汤。毫无疑问，日式火锅的味道取决于酱油汤的材料，我觉得速食鲣鱼比鳀鱼或海带泡出来的味道更好。还有，一定要用新鲜饱满的香菇。我一个月一定要专门去吃一次日式火锅，而且还在家里做，但还是在餐厅里吃才正宗，可以享受到服务，他们还会使用不好找的材料。我在家不做比蛋糕店里的面包或吐司更复杂的东西，家人也都喜欢在餐厅里吃饭。”

“有些奇怪啊。”

成道嘟囔着低头看了看记事本。

“看您以前的采访发现，您说喜欢自己待在家里，兴趣是做糯米糕和饺子。”

“是的。那个糯米糕不是它本身，而是糯米糕娃娃，有一种用糯米糕手工捏成的娃娃。当然不能保存很久，但对于娃娃发烧友来说是很流行的。也有用泥或者纸或者布做成的，但刚蒸出来的热腾腾的黏黏的糯米糕娃娃也很漂亮。可是原来普遍是做好后吃掉，不管怎样都是糯米糕嘛。用芝麻镶成眼睛，用红纸围成裙子，将大枣剪成小嘴，用黑豆和红豆做成头发，再用章鱼片制成帽子给它戴上，也可以利用章鱼和大枣给它加上花纹，穿上上衣，用南瓜做成鞋，再用食用色素染上色，说的就是这种糯米糕娃娃。”

“那这种娃娃不吃吗？”

“愿意的话吃也行，但发烧友们原则上是不吃的。”

“变形的话就扔掉吗？”

“是的。”

女人点点头。

“饺子也是娃娃吗?”

“不是，饺子就是那么包的，放上馅儿再用很薄的皮儿包上。我喜欢用手工做精巧东西，越小越好，我做的饺子大概就这么大。”

女人指了指自己小拇指的一节。

“家人也吃，但多半是用炉灶热一下给狗吃。我们家养了很多狗，有十二只，从吉娃娃到寻回猎犬再到德国牧羊犬都有，很多种。可以说，其实饺子没有那么好吃，和味道相比，做得小更重要。馅儿大多是冷冻肉或火腿和内脏，还有牛百叶，狗对吃的不是很挑剔。”

“您觉得自己来到这个世上是幸运的吗?”

“那个我不清楚，不能那么说吧，我觉得出生这件事不是能谈论幸运与不幸的，但要时刻做好享受生活的准备。早晨起床，打开窗户，给第一支烟点上火的时候，纸和烟草烧着的感觉有时候非常好，就像在干草上的火苗不露痕迹地开始燃烧似的，没有一点阻碍地渗透到空气中的烟草味道！那种感觉很好。然后，坐着烧尽三支烟。还有，找到非常棒的日式火锅的时候感觉很好，不久前我在釜岩洞找到了一家，听说是韩籍日本人开的。另外，如果我做到第一千个糯米糕娃娃，我就给娃娃们挨个儿加上号码和名字，现在只做了三百零二个，如果长了黑色的霉，就只能扔掉了。还有，每当停电，家里要点上蜡烛的时候，感到活着很开心。”

“那相反的情况呢？”

“事情不顺利的时候。”女人立刻回答。

“摄影师说角度不好对我发火，或者不停地要求拍脸或胸部的时候，就是相反的情况了，但不会觉得不幸，因为我跟那样的人绝对不会一起工作第二次。”

“如果有份职业的话，您想做什么或者有什么想法吗？”

“我想在杂技团工作。”

“杂技团的话……”

“就是空中飞人。”

“嗯……不是一般的工作啊。”

“或者，也想开娃娃商店。”

“你说的是釜岩洞吗？”成道突然想起来问道。

“你谈到日式火锅餐厅的时候，说过是在釜岩洞找到的吧。”

“嗯，对。”

“挺有意思。虽然我一次都没去过那里，但不久前有件事让我以后也许会住在那里。”

“是吗？”

“我有个未婚妻。”

“是怎样的人？”

“是特殊教育学校的老师，下午兼职照看父母不在家的孩子，是个很勤奋很努力的人，有时候会让我感到惭愧。”

“我小时候也有保姆。”

女人点了第三杯欧蕾咖啡。

“我跟那个保姆学了做糯米糕娃娃的方法，跟她很有感情，她是个很年轻的女人，现在想起来，也许只有十几岁。有一天晚上，她没留下任何话就离开了家里，只带走了晾衣绳上的几双袜子和日记本。那之后就没有了消息。”

“我的未婚妻在到处寻找我们两个一起住的房子，因为我们决定结婚了，但我们两个家里都不太富裕，能凑到的钱也有限，她就找些破旧的公寓或出租房。不久前她在釜岩洞的半山腰看了一个很老的公寓，回来后变得很忧郁。”

“钱不够吗？”

“不是，那里算是很便宜的。”

“那？”

“没明确说，就只是哭。我只能哄，不能追问原因。虽然我觉得是看到极度贫困的环境受到了刺激，或者遇到了无礼的人，但我的未婚妻不是爱哭的人，所以她一哭也让我很受刺激，她的哭泣让人觉得她似乎非常害怕什么。”

“那么……”

女人手里拿着最后一支烟，边点火边说：“那么，也许不会住在釜岩洞的那个公寓里了。”

“我认为是那样的。”

他们保持了片刻沉默。现在的对话内容不需要再录音了，但录音机仍然转动着。成道的下一个采访约在两小时后，地点在盘浦。体毛模特说的内容没有成道期待的那么多，或许也是因为成道的问题不够。成道预想，她会说些与体毛模特年龄相符的人所关心的事情，例如艺人或男演员，同龄朋友、时尚或者旅行等。还想到她会说些关于伤感的书籍或宠物的内容，但体毛模特看起来要比想象的早熟很多（不是指为人稳重，反而是看起来好像有点迟钝的意思），过于文静，也没有说想成为艺人、演员或者正式模特，也没有想象的美丽、没有期待的特别。如果照实说，这样的采访是失败的，目的一点都没达到，可以说就是浪费时间。所以失望了吗？成道觉得，自己跟体毛模特提到自己几个月后的结婚计划有些奇怪。

“我家。”

体毛模特边将最后一支烟在烟灰缸里摁灭，边用分外清楚的发音说道。

“有八个房间。我有好几个姐姐，都结婚了，我的姐妹们结婚都挺早的，现在只有我和父母三个人生活，你讨厌我这样的人吧？”

体毛模特目不转睛地看着成道。成道思考片刻，好像不当回事儿似的噗地笑了。

“讨厌？讨厌就会有什么改变吗？在世界上能拥有的东西总是有限的，你也不会拥有这世界上所有的满足。我的三个妹妹在结婚前一直住在一个房间，关系一直很好，现在那个房间由哥哥和嫂子住着。我们都在家里住的时候，只有两个房间，父母只能在客厅铺毯子睡觉，从没有讨厌过谁什么的。但珍珠的情况是，啊，珍珠是我未婚妻的名字。”

“漂亮的名字。”

体毛模特过于专注地听着成道的话。

“珍珠不那么想，珍珠总觉得她的名字很土。她出生在乡下的一个小村子里，讨厌一切能使人联想起乡下的事物。她少女时期的梦想是在城市里遇到一个有钱的帅哥然后结婚，偶然上钩的家伙却是我这样没有分文的学生游民，所以她可能很烦心。”

“嗯。结婚，我现在还不太清楚，但我觉得两个人当中得有一个人在经济上有余力吧，看我姐姐们的情况就是那样的。那个，你喜欢吃日式火锅吗？”

“对不起，没听清楚，您说什么？”

“你喜欢吃日式火锅吗？”

“不太清楚。”

成道正看着体毛模特机械性的嘴唇嚅动，不知道是不是没有烟了，体毛模特瞬间做出了非常不安、痛苦的表情。

“不太清楚。其实我没吃过餐厅里正式做的。我吃过韩式的，加很多汤，放入满满的蒜和酱油的火锅，但您说的日式火锅，不是很清楚。”成道坦诚地说。

体毛模特的脸在眼前变得扭曲了，不管多么精心制作的糯米糕娃娃，如果发了黑霉就只能扔掉，她的脸似乎在这样说着。

“我们去吃日式火锅怎样？”

“您说现在吗？”成道没有意义地反问道。

体毛模特的声音又粗又低，四周很安静，但成道还是有些乱，无法马上把握那句话的意思。

“如果喜欢的话，一起去釜岩洞吃日式火锅吧。我想再说说我的保姆，现在我想记起一些什么，但抓不到它的形态，无法用语言表达出来。所以……我知道的那家星期天日式火锅餐厅不是很大，设施也不好，但是味道很好，可以在铺着白色桌布的餐桌上吃日式火锅，不喜欢吃冒烟和熬汤式料理的人也不会想拒绝。釜岩洞的星期天日式火锅餐厅是个特别的地方，是个规模不大、但很特别的场所。还有，不喜欢吃肉的人也能接受他们的味道。”

体毛模特的声音像渐渐减弱似的，变得很低，最后听起来像是粗粗的呻吟。为了不错过那低沉的声音，成道渐渐将耳朵靠向体毛模特的嘴唇。这是无意的动作，体毛模特好像有些不安似的，在桌子上快速地动着手指，成道还没有作出回答，最终她一下子站了起来。

“对不起。”

体毛模特找回了刚进到这个酒吧时的毫不犹豫的果断态度，但无法掩藏的是，她的白下巴和脖颈发出轻微的痉挛。

“现在采访结束了吧？我先走了。”

女人离开了酒吧，她的皮鞋声清晰且有节奏感。

通向陌生天国的旅行

不顾诸多困难，珍珠很想结婚，并且要在这一年过去之前。虽然很清楚成道内心并不想，但她绝对没有放弃的打算，除了单纯的经济问题，还有好几件不顺心的事。珍珠的弟弟为了参军而在大学里休学了，珍珠的姐妹中有一人在国家收容机构里生活了十二年，她出生时是个轻微的智障儿，越长大行为就越像患有精神分裂症，所以家人都吃不消了，珍珠和家人为她付出了很多努力，做出了很多牺牲，但最后还是只能把她送到收容机构，那时她们感到了无奈的内疚。在爷爷那一代，珍珠的一些亲戚去了日本定居，那是生活在南方海边的大部分穷人梦想的地方。谁去大阪谁留在韩国由家里的长辈决定，没有土地或者有土地也不能养家糊口的不富裕的人成为了离乡的对象，留下的现在似乎不约而同地都搬到了大城市，过着并不宽裕的生活。这种长辈在过去已经消失，大家也不太希望再有。珍珠想想都觉得烦，脑海里就是那样的一幅场景，在快要倒塌的窝棚里，某个散发着肥料味道的中午，身躯矮小的男人们聚在一起，等着一个看起来有九十岁的老人用掉了牙的颤悠嘴唇来决定人们的命运。珍珠认为那一切都只是丢人，如果不是出身于乡下，也许会更好。在十几岁的时候，珍珠经常陷入那样短暂的思考中。

珍珠所知道的关于成道的苦恼也很多，成道有三个妹妹，她们都跟成道不是亲兄妹。成道的爸爸在成道小的时候，给成道和哥哥带来了继母。珍珠认为，也许这些关系给成道对待女性的态度上提供了不自然的框架，比如他对女性的关注好像被压抑着，和女人总保持距离感，相处起来很别扭。倒不是他跟继母或妹妹之间有什么问题，但在只有两个房间的狭窄廉租房里，在七口人挤挤挨挨地一起生活的环境下，成道度过了成长期，于是他有了厌恶密度的心结，那是一种早上要进行卫生间战争，连一个水果也不能随便吃的环境。因此，成道成为了那些在内心里决定不结婚或者不建立家庭的人中的一员。对于他来说，结婚生子就意味着，把家里弄得乱七八糟，狭窄的家里堆满没用的旧东西，家庭支出总比收入多，不接受社会福利制度的帮助就无法去医院或者参加少年团活动。成道愚蠢地恐惧着，这些问题虽然没有使他俩对彼此的爱情产生怀疑，但它们仍然存在。珍珠需要多次反复地跟成道表态并确认，即使结婚也不生孩子，结婚后珍珠仍然工作来保证他们有中等偏上的收入，他们的家庭绝对不会属于贫困群体。

听到他们决定结婚的消息是在早上六点零五分，裴有恩和金耀焕夫妇刚要吃早餐。他们从开始同居到现在，差两个月就十年了，结婚有一年多，没有孩子。裴有恩早餐喜欢吃抹满黄油的面包片，金耀焕则吃黑麦面包、香蕉酸奶和水果。他们最晚要在六点半之前出家门，咖啡在车上喝。早上起来，金耀焕正边做早餐边打开昨晚没听到的电话留言。裴有恩洗完澡后，赶在吃饭之前匆忙吹干头发。电话留言好几天没有听了，录了很多条信息，超过容量的警示灯已经在闪烁了。他们夫妇总是不关心电话留言，因为大部分是打错的电话，剩下的都是些不太重要的闲聊。裴有恩认为，打到家里的电话都是些小事，真正重要的事，谁都会往公司打电话，因为工作期间是不能闲聊的。那天也是，除了一条信息，都是些不认识的人打错的电话，或者齿科医院的预约确认，或者银行、保险公司、福利团体的募捐电话等等。裴有恩总是把这些电话叫做陌生人来电，金耀焕认为那都是些闭着眼也猜得到的事情，但最后一条信息是珍珠的声音。

“我决定结婚了。要问对象是谁，就是成道。我们已经订婚了，婚礼定在秋天。再见！”

在饭桌前吹头发的裴有恩暂时关上了吹风机，金耀焕只做了一个缩肩膀的姿势。最傻的傻瓜做了一个最差的选择！裴有恩想。他们夫妇是珍珠大学时代的同学。珍珠竟然说，婚礼定在秋天！现在八月份都快过去了。上次裴有恩见到珍珠，还是在大约一年前，当时珍珠看起来很疲惫，做两份工作不是件容易的事，而且周末和晚上也肯定不能休息。裴有恩也一样辛苦，加上那段时间她也结婚了，所以对珍珠没什么可说的。

“珍珠说要结婚呢。当然要去参加婚礼吧？”

金耀焕用手撕着黑麦面包，盛了一大勺香蕉酸奶，一边放到嘴里一边问道。

“嗯……也许我那天会有重要的活动。”

裴有恩没有隐藏她的漠不关心，打了个呵欠，将没有完全干的头发盘了起来，然后开始在烤面包片上抹上厚厚的黄油。烤面包片在烤箱放了太久，变得像砖头一样硬。裴有恩肚子饿，所以扭着脸咬了一大口。她想跟金耀焕说一句，怎么这点事都做不好，但忍住了。融化了的黄油流到裴有恩的下巴底下。

“总吃这些脂肪块，现在腰上的脂肪马上就会堆得跟电话号码簿一样厚了。”金耀焕可恶地说道。

裴有恩骨架小，看起来不是很胖，但在看不到的部位，比如肋下、背部或胳膊后侧、脚腕或屁股下面等位置都贴着不少赘肉。金耀焕只要一有机会就让裴有恩记起，自己喜欢瘦的、骨感的女人，但裴有恩并不在乎，也不更换早餐的菜单。裴有恩喜欢吃高脂肪食品，比如盘子里油汪汪的意大利面、灼热的油炸虾或者抹着黄油的土豆。金耀焕已经知道，即使抱怨，也没有用。

“还有啊，你说什么呢？珍珠也没说婚礼日期啊。”

“不是说秋天了吗？我秋天总是很忙，你不是知道嘛。”

裴有恩没有放弃自己的固执。

“你总是很忙，我当然知道。秋天也不例外，是这个意思吧？

我对成道这个人不满意，总是看起来有些别扭。人聪明，文章写得也不错，但在私人场合聊天的话，总感觉他内心的失衡和狭隘。我讨厌那种感觉的人，现在不是革命时期，这样的人才很容易给社会带来危害。”

金耀焕喜欢用一种盖棺定论的语气说话，不，实际上是希望他的话被看做结论，尤其跟妻子裴有恩在一起的时候，更是如此。金耀焕和裴有恩一起共同度过了十年以上的校园生活，对彼此大部分的成长经历都很了解，青春期里他们的思维和外貌都是怎样发展变化的，彼此都记得太清楚。裴有恩是个毫无争议的才女，她曾在数学和英语等各种比赛中拿过奖，美术、写作、芭蕾和唱歌方面也有潜质。少年金耀焕是个普通学生，成绩中等，没有特别彰显潜质的才能，除了不惹麻烦、比较诚实之外，没什么特别。大学的时候也一样，虽然他们进入同一所大学不满一年就同居了，在那期间，裴有恩得到了最优秀的学生才能拿到的奖学金。厚厚的眼镜、青春痘或龅牙绝对不会让她感到自卑，她参加了广播台，很活跃，很有人气。尽管在校园中，公开和男生同居的女生很难获得多数人的好感，裴有恩却是个例外。当然，也有很多人讨厌这类女生，金耀焕的朋友们就是如此，他们都喜欢文静低调的女生。虽然表面上以礼相待，但裴有恩和金耀焕心里都鄙视对方的朋友，珍珠是他们少有的共同朋友之一。毕业后，裴有恩把眼镜换成了隐形的，矫正了龅牙，青春痘也幸运地消失了，她还找到了一份报酬丰厚的工作，人气自然变得更高。如果说金耀焕一点儿都不嫉妒裴有恩的话，那是假的。他和裴有恩在一起的时候，常会变得敏感，比如，过分想要表现得有逻辑，对于可以用轻松玩笑带过的事突然充满热情，顽固地坚持对某个话题做出的结论，毫不让步，在争论中争强好胜。这与他的本性不符，所以也会对他自己产生压力，而对于裴有恩来说，这是一件让人厌烦的事。其实，金耀焕属于那种把头埋进妻子裴有恩睡衣里撒娇时觉得自己最幸福的男人。为什么不行？

“我不觉得他是那么糟糕的人，看他写的文章，我觉得非常幽默，而且表现出了敏锐的分析能力。”

“是吗，你是那么想的？”

金耀焕没有回答，吃了香蕉，喝了酸奶，用黑麦面包片将碗里剩下的酸奶擦干净，放进嘴里。

“不去婚礼也没关系吗？珍珠是好朋友呢，不是吗？”

“我很忙。不想参加别人的婚礼，你自己去就够了。”

“珍珠真是个傻姑娘，是吧？”金耀焕微笑着问道。

“是的。”

“冰箱里一点吃的都没有了，今天得购物了。”

“面包什么的没有必要跟我一一说明，自己买好就行了呗。”

裴有恩叹了口气。

“你也知道我晚上十点以前很难走出办公室，我讨厌大半夜在超市里用一张傻瓜似的脸挑选水果、面包，那个时间能做很多其他事情，睡睡觉什么的。行，行，知道了。争取这周末一起购物，这样行了吧！所以别做出那副闷闷不乐的表情。”

“你总是想着你自己，那就是自私。这是你妈妈跟我说的，所以你别想谴责我。”金耀焕希望伤害一下裴有恩的心，说了那么一句，但裴有恩连头都没点一下。

“如果说我自私，是因为我没有只关注你，那确实是对的，除了你，我还要关注很多其他事，你应该也清楚。如果你跟我现在的情况一样，我会欣然帮助你的。”

在他们夫妇之间，这样的争吵很常见，通过小争吵，确认了互相之间的立场差异之后，反而获得了各自的存在感和心理安慰。

金耀焕一边收拾盘子一边又问：“那珍珠为什么想跟那个傻瓜一样的人结婚呢？”

“我说了成道不是傻瓜。”

裴有恩快速地化完妆，边穿裙子边顶了一句。

“再说，成道是身无分文吧？”

金耀焕做出陷入思考的表情。其实，那是重要的问题。

“为什么会想结婚呢？因为个子高长得帅？如果那样的话，珍珠真是不可救药了。上学的时候，她就有傻乎乎的地方。哎，也许珍珠现在还没有正确掌握情况吧？成道在辅导班的时候，和一个台湾来的交换生，一个脸长得像蛇一样的女生关系很好，也许是恋人。男生都知道，成道考试落榜都是因为那个女生，珍珠不知道那件事吧？是朋友的话，是不是应该告诉她啊。”

“哼。”裴有恩付之冷笑，“没有人不知道那件事，珍珠也不会不知道。再说那有什么啊？”

“那时候成道已经开始勾引珍珠了啊，男生都知道成道和珍珠一起吃晚饭，可晚上又跑到那个女生的公寓去了，只有女生不知道。当然这是以前的事情，但成道对珍珠不够诚实。”

“就像你说的，都是以前的事了，谈论以前的事有什么意义？到底有什么关系？金耀焕，如果你是我老公的话，就别说那种蠢话，去浴室把丝袜拿来。还有，希望你不要把男生之间的猥亵秘密当做很有趣的事强调，还为之自豪。很倒胃口。”

“我认为，应该向珍珠坦白，哪怕暗示一下呢。”

“你，真够烦的。别说了！”

“不是，还有你不知道的，成道曾经从朋友那儿借钱没还，也包括我的。”

裴有恩可怕地怒视他，金耀焕闭上了嘴。看到金耀焕一个劲儿地讨人嫌，裴有恩差点说出“珍珠也见过别的男人，这不是当然的吗”。

“金耀焕，你为什么那么关心？那是他们的事，你不也知道他们相处很久了嘛。以前什么都没说，现在为什么这样？总说别人闲话的样子有些丑陋啊。”

“那，就是说最终还是不去婚礼吧？珍珠可参加了我们的婚礼呢。”

“你去就行了嘛。我决定不去参加别人的婚礼，那真像傻瓜似的。”

他们边吵边上了车，金耀焕边开车边想，下班的时候怎么也得见见珍珠。

“你想什么呢?”裴有恩一边修整涂抹的唇膏，一边问。

裴有恩开始化妆没有多长时间，但就像专注于其他事情一样，她很快对这件事也专注起来，虽然她也认为，繁忙的早晨时间浪费在化妆上挺傻的。

“没什么。”金耀焕耸了耸肩膀。

裴有恩虽然装作冷淡，但心里挂念着珍珠的事，和贫穷的男人结婚，比表面看上去要复杂得多，贫穷的青春不是浪漫，再说，珍珠现在也活得够辛苦了。成道从本质上讲是天生的少爷气，热衷于做不赚钱的事，不喜欢束缚于金钱或是人情。她不想对珍珠说这说那，也不想掺和，那是自尊心所不允许的，因为对于局外人来说，置身事外才是不违反礼仪的。琢磨了一会儿后，裴有恩最终决定，对珍珠的结婚淡然处之，如果珍珠先问起什么的话，再说。

接到金耀焕一起吃晚餐的电话时，珍珠刚给马利洗完澡，并允许她只能玩一小时电脑游戏。虽然珍珠的下班时间是八点，但在孩子没做完作业或孩子们的妈妈回来晚的时候，也不能准时下班。珍珠几乎很难见到孩子们的妈妈朴慧田，因为她几乎每天晚上都出门。朴慧田身材苗条，容易害羞，不像是已经有两个孩子的妈妈。虽然不能说是大美女，但也很有女人味。现在，珍珠也明显能看出来，朴慧田在见男人。说起来，那个男人——朴慧田的恋人，身材高大，声音很有力度，说话的时候，似乎在不断观察自己的话给别人带去了多大影响。有时候，他们在朴慧田家里吃晚饭，有时会早早地让孩子们睡觉，并准备好葡萄酒和音乐，但大部分时候，朴慧田很羞涩很小心，与其说是感觉珍珠在，更像是先天的性格。珍珠的主要工作是帮助孩子们写作业，替他们准备上学的物品，教他们英语和汉语。除此之外，还要给他们洗澡、换衣服、准备晚饭、监督他们是否做了坏事等等，大多都是母亲的义务。金耀焕打电话那天，朴慧田罕见地正待在家里。所以，珍珠想，提前三十分钟下班应该也没关系。

“好的，好的。孩子们洗完澡后很安静，没关系。走吧。”

珍珠敲了朴慧田的房门说明情况后，正在阅读杂志的朴慧田很爽快地答应了。

“那个，还有，事先跟您说一下，我想在秋天的时候能有一周左右的假期。”

珍珠话音刚落，朴慧田的脸上就掠过了惊慌的神色。

“秋天什么时候?”

“还没确定，可能九月或十月左右吧。”

“啊，这样啊。”

朴慧田点点头。

“那得把孩子交给保姆了，虽然不太愿意，如您所知，我现在在家里的时间会逐渐减少。孩子需要照顾，在这个家里，我就算是一家之主，不管怎样我得工作，孩子身上需要花的钱比想象的多，不能赚钱的话，就活不下去，这就是现今的生活，您能理解吧？不管怎样，我正在考虑开家新的家具店，那个，因为周围有人给了我一些指点。（说到这里，朴慧田竟然脸红了。）那样的话，孩子是个问题，把孩子交给保姆，良心上过不去。我认为，孩子们不是吃点饭，给他洗点衣服，自己就长大的，所以，我一定要单独聘用教育学专业毕业的保姆，这对于我来说当然是有点吃力的事情，但我想，这也是应当为孩子做的事情。如果您想请一周左右的假，当然应该给您提供便利，可我觉得总换保姆不好，所以希望你近期不要彻底不干。”

“那暂时不会的。”

“真希望那样。”

朴慧田说完又将视线转回到杂志上，她看的那页是关于男女关系的心理调查问卷版块，也许，怎么说呢，她在想与那个男人有关的事吧。珍珠脑中掠过这样的想法。那是别人的事，不要关心吧，我不能想那些事。珍珠想到了未婚夫，心里马上变得像军人一样决绝，不知为何如此，她感到，包括成道在内，自己的全部世界是否安全，好像都由她的行为和想法决定，要真挚而富有激情地对待一切，珍珠想。否则就会崩塌。珍珠的事，成道的事，结婚，未来，孩子们……

金耀焕已经到了约定场所，就着干无花果喝了三杯曼哈顿鸡尾酒。金耀焕是个看起来人很好、很温顺的男人，但也有倔强固执的一面。他对大部分人都很亲切，而对其中的几个人更加亲切。对珍珠尤其如此。

“那是开玩笑吧？”

珍珠还没坐下，金耀焕就焦急地问。

“什么？”

“结婚啊。况且是跟成道。”

“不是开玩笑。”

“啊，是吗。”

也许是口太渴，金耀焕把剩下的曼哈顿鸡尾酒一饮而尽，然后又点了一杯。

“过得怎么样？”

“谁？”

“还能谁，成道呗。”

金耀焕微笑着。

“挺好的。”

“没有什么困难吗？”

金耀焕问，语气里没有掩饰希望他们遇到困难的意向。

“一点吧。但马上就会克服。”

“房子找到了吗？”

“还没。”

珍珠点了杯蓝色玛格丽特，拿出手帕文雅地擦了擦嘴。

“打算在哪儿住?”

“在哪儿都无所谓，只是最好不要出城市边界，停车位充足一些。如果可能，最好是安静点的地方。期望就是这些了，如你所知，我们的钱不多。”

“你说，期望的就是这些?”

金耀焕模仿珍珠的声音问。

“听着啊，我们结婚找房子的时候也受了不少苦，不能继续在寄宿村住了，还要上下班，两个人都被工作累得筋疲力尽，所以自然也希望有个安静舒适的地方。谁都不会一开始就想要意大利不锈钢浴缸，或者可以看到庭院的阁楼窗户，只是想要一个安静的、舒适的、便利的、美丽的私人空间，但是看看周围吧，那确实可能吗?住在一个狭窄的公寓里，楼上和旁边邻居家孩子不停地哭闹；钢琴声混着食物和垃圾的味道；找不到通风口。看周围，看前面，看到的都是人、人、人。即使我们经济上比较宽绰，情况也没有什么大的不同。你也许会想，结婚一起生活和艰难的单身生活能有什么区别?可一旦结婚的话，你会马上感觉到，所有人都像早有预谋似的，让你背上各种各样的负担。总之，他们会意识到，珍珠你跟他们没什么不同，会喊着要你分担他们的沉重负担。你的表情似乎说明你好像不懂我在说什么，去新婚旅行之前也许你就会明白了，那就是一件让人疲倦的事，结婚以后的艰难和有恋人的单身汉的艰难有很大不同。你也许马上就会觉得慌张，甚至后悔。啊，我说的重点是，没有任何理由着急做决定。举例来说，成道还没有做好结婚的准备，这个我们朋友都知道，因为他就是那么说的。他说，我不想结婚，结婚是贫困的象征，即使我结婚了，也十有八九要后悔。他就那么说的。和他结婚，你就得承担双份压力。我从个人的角度给你提个忠告，不要太依赖男人的责任感。成道是那类人，他认为，责任感属于奴隶本性。”

金耀焕的话对珍珠来说并不陌生，对于珍珠来说，这只不过是谁都会遇到的小麻烦。在克服困难方面，珍珠算是有自信的。让珍珠惊讶的是金耀焕对此事的热心，就像一个被倦怠折磨着，然后突然发现了吸引他的事物的天真孩子所表现出的热情。这样一来，珍珠无法判断，应该认真接受金耀焕的意见，还是他的话有一半是在开玩笑。珍珠喜欢金耀焕夫妇，他们和死脑筋的自己很不一样，甚至有时候，他们看起来是时髦、有品位的。

“要吃饭吗？”

珍珠觉得金耀焕唠叨了很多，肚子应该饿了。

“嗯，有点饿。”

“鳀鱼疙瘩汤怎么样？”

“好。”

金耀焕朴实地微笑着。珍珠看着他的脸想，自己绝对不会去讨厌这样的人。

“我说的话你认真想了吗？”

金耀焕一边吃着热腾腾的疙瘩汤，一边再次问道。

“我觉得那都是小困难，在我能承受的程度之内。成道也不是以前的成道了，而且我们相爱着。”

“噢噢噢，你还不太懂事啊。珍珠。可怜啊。反正结婚的是你，是你的决定，我不需要再干涉。你把结婚想成是去陌生的天国旅行了，你迟早会知道，那是多么傻的想法。”

“我也不是不清楚，谢谢你想着我。真的。”

珍珠焦躁地拧着手指。

“那，钱真的够吗？”

“不太够，但不管怎样会试试的。”

“如果需要我们的帮助，随时说啊。”

“谢谢，真的谢谢。”

金耀焕回到家已经是午夜了，裴有恩睡着了，轻轻地磨着牙。裴有恩磨牙的时候，金耀焕会把床边的毛巾拿来，扒开裴有恩的下巴，塞到裴有恩的嘴里让她咬着。因为裴有恩要他这么做。饭桌上放着裴有恩吃剩的冰激凌桶，浴室凌乱地搁着脱下来的衣服，金耀焕转悠着把这些东西收拾干净。在外面吃晚饭是他们夫妇制定的规矩，裴有恩工作结束得晚，所以这是理所当然的事，金耀焕如果没有饭局，就经常在家附近的夜宵店吃饭。金耀焕不喜欢家里的厨房被食物的味道和残渣弄脏。在还差两个月就满十年的时间里，他们就用这样的方式生活过来。这样的生活是干净整洁的，从来没有过脏乱，但有时也会伴有非常严重的倦怠。

“见珍珠了吗?”金耀焕关上灯躺下时，裴有恩像说梦话一样嘟囔。

“嗯。”

“说了吗?”

“嗯。”

“反应如何?”

“说他们相爱。”金耀焕叹着气说，裴有恩在似睡非睡中也放声笑了出来。

“不是傻子吗?”

“不是，很真挚。”

金耀焕努力想做出严肃的表情，但最后还是没坚持住。于是，他们捧腹大笑了一阵。

“买面包了吗?”

“中午去购物了。”

“我的卫生巾呢?”

“也买了。”

“你，感到厌烦了吧?坦率地说!”

“不是。我真的是担心珍珠才那样的。”金耀焕抗议道。

“哼。我看你还是觉得挺烦的。”

裴有恩继续嘟囔地说着，随后又进入了梦乡。

黄　　犬

1:24a. m.

“疲惫?! 太荒唐了。”

裴有恩强烈地否认说。

“我为了工作觉都睡不够! 见朋友或开派对之类的事，做梦都不去想，做指甲或按摩也早就忘记了，看电视或看电影? 也许我一辈子都没有机会了。是的，我总是梦想着休假，和我的耀焕一起，像梦一样的休假啊! 比如，我们此刻在岛上，当然是属于我们的海岛。海是蓝蓝的，海边的阳光无比灿烂，整个世界看起来就好像是一片荡漾的翠绿色。我们整天尽情闲逛，没有必要遭受职场战争的折磨，睡到自然醒。也不用担心长胖，尽情地品尝美食，吃油腻的、甜的食物。也不必担心信用卡结算，可以无限制地购物，到了晚上就去派对喝酒。我能想到的只有这些，但我不能那样做。为什么? 因为那是罪恶。懒惰是惭愧丢人的事，只求安乐，人就会变成傻瓜，那样的人就已经不是人了，是垃圾。竟然还说疲惫?! 在这一点上，我和耀焕的意见是一致的。我们虽然看起来有很大不同，但对于事物的基本见解，有颇多相同之处，这也许是我们能一直美满地维持婚姻生活的原因吧。虽然我们的情况看起来不同，但珍珠，你们也会过得好的！我们厌恶悠闲的生活和雇用小时工，所以家务活自己做。周末打扫房间和洗衣服，去体育中心锻炼，还要购物或洗车，平时几乎没有工夫面对面长谈。他和我都喜欢工作，工作量也很大，不能理解那些不愿意把工作带回家的人，他们只想在家看电视吗？人们为什么不喜欢工作？最近谁都在说，家庭、家庭、家庭。为了家人和家庭不加班，为了约会回避周末加班，尽可能拥有最多的私人时间，还慵懒地说疲惫！我们始终忙碌地工作，而且一直以此为豪。想到工作，就没有工夫感到疲惫。不知道你为什么那么想，但那不一样。当日常的事情毫无热情地重复，人们就会说疲惫，但其实那只不过是想逃避日常劳动的说辞而已。耀焕不是那样的人，因为他是有创新性的，喜欢动脑筋做事，包括很小的家务事。在修车、选家具的时候，他也专注于自己的风格，这不只是兴趣爱好，而是一种积极表现的风格。他的头脑很活跃，甚至在睡觉或洗澡的时候，也常像是处于思考的样子，那样的他真是可爱。我们最近没有必要两个人都去工作，所以在严肃深刻地讨论，是否可以让他做家务活并在家办公。两个人都工作的话会很累，这的确无法避免。他在家务活和购物方面都做得不错，选窗帘也比我选的好得多，他还想学木工活。所以我就想，如果我们搬到一个带仓库的房子，给他弄间工作室，同时还能帮助我，那真是太好了。其实，这是从我们刚结婚时就有的梦想。你也知道，他细心又有创意，而我的性格积极率直。他的电脑设计工作在家也能做，而且他不太喜欢在社会上与人交往，或是吵吵嚷嚷地分享友情。即使收入少了点又怎样，我再多干点就行了，不会有任何问题。他喜欢做饭，我经常吃卡路里很高而味道、营养一般的食物，他对这一点很不满，而且，换浴室毛巾、窗边绿植如何摆放、应该买哪个牌子的番茄酱，对于类似的小事，他也表现出比在职场工作更高的热情，他就是这么喜欢思考。他就是这样一个人，怎么会感觉疲惫！不奇怪吗？我，认为，使用‘疲惫’这个词的时候，应该感到内疚，他也会的。所以珍珠，你可能听错了。”

3:05a. m.

“有句话是这么说的，对人要么全部了解，要么一无所知。我并非相信那句话，但我认为，那句话对我就像时间函数，比如，我凌晨一点对你完全了解，但到了第二天凌晨三点，就一无所知了。你怎么看?”

3:35a. m.

“你正直、透明、自尊心强，而且耿直、自信，但你很穷，所以也许受过很多伤。上学的时候，我从没见你穿过一次新的运动鞋，你没去过国外，我甚至很清楚，你连美容院也不去。即使如此，你有钱的时候还帮成道还债。没必要否认。我们都清楚，只是装作不知道。现在，你虽然毕业于最高学府，但也有五次几乎被公司赶了出来。第六份工作的薪水一多半都只用在粉饰自己的苦恼上，同时打算和那个像帕索里尼一样、为了寻找一种可以通过艺术的方式去反抗的途径而徘徊着的成道结婚。为此，你下班后去照看那些不懂礼貌的有钱人家的淘气鬼们，一直到很晚。在孩子们的妈妈去做足底按摩或者去见男人的时候，你还要以专业保姆的名分替孩子们做作业，因为孩子妈妈认为，体制教育是重复性的单调学习，会降低孩子天生的创造性，妨碍他们自由的想象力。我想说的只是，你应该休息一下，过分劳累会产生逃避的念头。当然，我的意思绝对不是说，你为了逃避而打算和成道结婚。你不可能那样，成道和你是真心相爱的，这一点我能感觉到，所以我不是那个意思。我相信，道德或价值应该根据不同的人分级别适用，这样看来，你有休息的价值，我的意思不是让你懒惰地生活，只是让你从谋生的劳动中解放出来，挽救头脑的灵感和灵魂的高贵。你不是牛马，没有理由像畜生一样劳作，而且还是为了结婚！不要误会。我的意思当然不是和成道结婚有问题，成道是个好男人。虽然我肯定没有你了解的那么多，我的想法是，怎么说呢，你和成道不同，当然我和耀焕也不一样，你逐渐在做更多的本分工作，而成道则更追求外部的自由吧。当然，工作是好事，而射手座的男人向往远方也不奇怪，射手们本来就与弄枪舞刀的人不同，他们是眼睛明亮、望向最远方的种族。知道吧？嗯，他们是很有诱惑力的灵魂。你也许会否认，但问题是你的疲倦，疲倦会使问题恶化，也会带来悲观的前景。不能以这样的方式结婚吧？所以我想说，你应该减少收入、增加休息。怎么样？而牢固的关系，其实，就像你和成道那样，对于关系本身，有着自身维持均衡的力量，所以经常在没有意识到的时候，实现了自我更新。我的意思是，在做出改变的时候，成道也会慢慢地找到现实的感觉。”

11:50a. m.

从公司回来的时候，丈夫正坐在沙发里看杂志上的埃里克·萨蒂的年谱。最后的文字这样写着：“1925 年，在圣约瑟夫医院结束了独创的、禁欲的、孤独的一生，没有留下妻子或儿女。”

丈夫说：“我也想过那样生活。”

“那真遗憾。”裴有恩好像很幽默地回答说，“也许现实情况没有一点会配合可怜的你。”

“什么意思？”

丈夫看起来无力而忧郁。

“怀孕了。”

“哈哼。”丈夫用更加忧郁的声音呻吟道，“不知道为什么。我一直很小心。不是我的失误。”

“不是你的错。”

裴有恩安慰丈夫说。

“也许是状态调整失败了，身体周期产生了异常，这是完全有可能的。”

“我不想要孩子，你不也一样嘛。怎样？想做手术吗？”

“还不知道。”裴有恩耸耸肩膀，“我稍稍想了一下，觉得生个孩子也不错。”

“哼，该死！”

丈夫骂出了自己唯一知道的脏话，然后把头埋进杂志里，一下子倒在了沙发上。

“哎呀，你救救我吧。你老公失望透顶，要死了。”

“我觉得那不是那么糟糕的事。”

“我们中的一个人不能继续全天工作了，生活费也会增加很多，房子也得找更宽敞的。我现在不能在家听音乐或看书了吧，也许还得找保姆。”

“不是决定不找保姆或司机的嘛，结婚时候的约定你忘了？”

裴有恩的声音很严肃。

“是谁先违反结婚时的约定的？先说不要孩子的可是你。”

“想法是会变的，你不要太较真儿，但保姆不行。如果真的太累，下班后我来看孩子。”

“还会有很多预想不到的问题。”

丈夫比裴有恩更慎重严肃。

“要休息多久，要花多少钱，都应该计算进去。准备生产的费用、生产的费用、产后调理的费用、育儿费用、各种医疗费用，还有最重要的托儿费用。”

“你，很悲观啊。”

裴有恩坐到丈夫旁边。

“但你想想，我们有孩子了。”

“心情很沉重。”

丈夫皱着眉头，好像头真的很疼。

“我希望像杂志上的埃里克·萨蒂那样，像他那样生活。”丈夫继续嘟囔着。

“独创的、禁欲的、孤独的？”

“是的。”

“你知道你穿的那身睡衣多少钱吗？”

“当然，我买的。”

“那你知道，每天使用的牙刷、被子、有涡纹图案的咖啡杯，或者微不足道却一刻没有都不行的拖鞋，这些都是花了多少钱买的吗？”

“都是我买的，当然知道。”

“还有，你的香水得是最高级的，不是纯棉的内衣你穿着就睡不着觉，你无法忍受长得丑的女人和音质差的音响，对流行的风格也很敏感吧。”

“也许是的。”

“那就没必要再说了。那样的生活你过不了。”裴有恩哧哧笑了，继续说，“你想想，人们为什么生孩子、养孩子，不富足的人也是一样？”

“他们自己应该能找到乐趣吧。”

“是的。”

裴有恩热烈地回应他，然后使劲抱住了她那可爱老公的脸。

“想想吧，关于孩子，我们也完全能很开心。事先都考虑到的话，养孩子就会比想象的开心。首先，他是自己的孩子，这是去哪都买不到的。你不是一直说想养狗或猫吗？和那没什么区别。不，比那更特别。自己的孩子，是不生就绝对不会有的，那样的话，就应该深思熟虑制订计划，不觉得开心吗？那要做的第一件事是什么呢？”

“应该起个名字。”

丈夫喊道，好像终于想到了开心的事情。

“也是，但那不一定是最先要做的。”

“那是什么？”

“让孩子看和听。就是让他（她）感觉，即教育。我今天第一次想着孩子，在办公室看了老电影的DVD，心情很奇妙。怎么说呢，很满足，很充实的感觉，一种不是只有我自己一个人的感觉，通过血管和神经与新生命交融的感觉，他（她）在我的身体里与我连成一体的感觉。看到出现心灵感应或克隆人的SF（科幻）电影，你不是也很兴奋嘛，就和那种情况差不多。哎，该死，你也应该感觉一下啊，反正就是一种很为别人考虑的心情。你不是一直希望我多为别人考虑嘛，是不是？”

“那个的前提是，被考虑的对象是我。总之，看什么电影了?”

“《驱魔人》和《天魔》。”

他们的身体紧靠在一起，坐在沙发上，倾听着掠过窗外的风声。那是种只有在一起长期生活的夫妇之间才存在的、美妙而细腻的情感交流，它使他们心情很好，全身放松地陷入了沉思。那样过了一会儿，丈夫说：“给他（她）读童话书怎么样?”

“什么样的?”

“很有教育意义的那种。《秘密花园》里关于罗锅儿的那部分，可以教给他（她）应该尊重残疾人的道理，让他（她）至少知道把残疾人关起来是不可以的。还有《小红帽》中狼吃孩子的部分，听了之后自然能知道，长得丑的老婆婆和狼总是等同的。从《韩塞尔与葛雷特》中烧死巫婆的场面，可以知道，即使是小孩子，如果齐心协力，也完全能够战胜大人，并且还可以明白，无故对小孩很亲切的老女人肯定都是巫婆。还有圣女贞德被处以火刑的场面，能告诉我们，盲目的爱国心和好战心态，其结局总是会那么惨烈。还有《汉默尔恩的彩衣吹笛人》，说明莫名其妙喜欢歌舞的人，就是无耻的拐骗犯。”

“呵呵，有点老套。”裴有恩嘲笑说。

“你到底想生孩子，还是不想?我尊重你的意见，反正这是结婚前明确约定好的事情。如果你死也不愿意的话，那我就处理掉，虽然那会让人心情很差。”

裴有恩这样说完，开始在房间里徘徊。金耀焕好像觉得有趣似的笑着，点上了烟递过来。他们虽然不抽烟，但也存了一些，以备待客。在婚礼那天和金耀焕父亲去世的时候，他们产生了抽烟的欲望，也曾经抽过，现在也一样。金耀焕看了看脚后跟紧贴地毯、别扭地走路的裴有恩，放声大笑。

“女人真是个劣等的种族，还会怀孕，和宿主没什么区别。”

“这倒是事实，但不要嘲笑。”

裴有恩很生气，却仍然很香地抽着金耀焕递过来的烟。

“啊，一开始真的做梦都没想过要生孩子，天啊，这能是我要面临的事吗？成为孩子爸爸！所谓孩子，不就是劳动一点儿不做，只琢磨着花钱，就好像他有全部理所应当的权利，直到我干瘪死去都会一直伸手要钱的家伙吗？我死都不愿意被束缚到那样的处境中。在刚听到你说这话的时候，我还想让你处理掉，但现在我改变想法了，我们可能总是将人们理所当然接受的事情拒之门外，因为你是裴有恩，我是金耀焕。嗯，现在一切开始了，一种像爬虫类的肉块一点点吸收周围的养分而不断凝聚，我们是在‘制造’它，是一个很小的创造性实验。按照我所说的，这是也可以一试的事情，但要做好思想准备，养他（她）可是个庞大的劳动，你不是连养只狗都反对嘛。如果连保姆都不愿意雇，那我们的生活秩序会变得很混乱，我反对这样，得有个能解决体系问题的决定性措施。还有另一个问题，你更胖的话就麻烦了，真的麻烦。对于我来说，这是个严峻的问题。因此你抽烟吧。”

金耀焕用非常满足的表情讲着道理，心里认为，不生孩子要好上一千倍。不管怎样他都是一个理性的人！但裴有恩看起来好像很享受怀孕，而且他爱裴有恩，因此他想，就按她喜欢的做吧。

1:15a. m.

他们躺在床上。爱睡觉的裴有恩已经开始轻轻地打起呼噜了，不管怎样，他们早上五点半要起床。裴有恩通常一天十四个小时在外面，很多时候周六也不例外，忙的时候也会把工作拿到家里做，所以上床睡觉之后由于疲惫很快就睡着了。金耀焕一般会在床上看会儿书，然后书的内容就会出现在梦里，如果什么都不看，就什么梦都不会做。金耀焕想，独创地、禁欲地、孤独地生活会是怎样的呢？到现在为止，金耀焕觉得自己的生活就接近于那种状态，虽然裴有恩总能大声喊出上千个与之相反的证据。就像裴有恩说的那样，金耀焕有着很强的使用高级名牌的倾向，但那不是自己积极主动追求的，而是一种类似固定下来的习惯惰性。金耀焕虽然出生在富裕家庭，但从没真心享受过奢侈生活——在这一点上，这对夫妇像双胞胎一样相似——他们不愿意在改善吃、穿或居住环境上花费过多的心思、金钱和时间。举例来说，即使在高级餐厅里喝着红酒、吃着鱼子酱和鲨鱼肝，他们也会觉得，这样的奢侈真是令人厌烦，还会尽情地谴责说，那些贪吃者和美食家都是该杀的猪。也就是说，他们“不喜欢”那样。如果有极度节俭、提供清教徒式菜单的餐厅，不管多贵，他们都有信心成为老顾客。金耀焕虽然穿着昂贵的衣服，可那是因为，他没尝试买过更便宜的衣服，而且，他接触的人都喜欢这种做派。另外，他认为自己一直都在辛苦工作，他的生活，从出生到结婚都是以被动接受的方式度过的。他确信，如果能像设计房子一样，从一开始就可以自由创作它的内容，他绝对不会选择现在的生活。如果他不是在这样的大城市，而是在其他地方过着不同生活，那么他就能够处理好自己生活的双重性，能够从自己那让人作呕的理性的机械重复中解脱出来，获得自由。

他经常幻想着去中美洲的山地高原，躺在粗涩的泥土上，或在石椅上休息，在稀薄的空气中呼吸。当然，他完全没有经历过类似的生活，但他很期待，不是因为喜欢大自然，而是由于厌倦了过于程式化的城市生活。这个床上的高级纯棉被子和松软的枕头（他决定明天马上去商场买个新枕头，一个不是这样像乳鸽羽毛一样轻软的），还有轻得像白云一样的拖鞋、用丝绸加工成的睡衣、喷香的肥皂，还有刮得像大理石一样光滑的下巴……竟然过着这样的生活！对于金耀焕因为这样感性的理由而想着逃避现实，裴有恩感到很不高兴。竟然说中美洲山地高原！他去那儿能生存吗？他能忍受毒虫、粗糙的食物、高山病，还有极度单调生活带来的孤独吗？他肯定没法忍受连电话、网络、传真都没有的枯燥生活。金耀焕想证明给她看，自己的想法绝对不是空想，而且，妻子、孩子都不留。那是多么简单、诚实的生活啊！金耀焕兴奋了一阵。

3:23a. m.

金耀焕趴在杂志上睡着了，过了一会儿，睁开眼睛，裴有恩正往客厅走。

“你去哪?”

“打电话。”裴有恩用半哑的声音回答。

“这个点儿? 给谁打?”

“珍珠。”

啊，珍珠。金耀焕为了再次入睡，翻了个身。又问道：“珍珠会结婚吧?”

“也许是。”

“去参加婚礼吗?”

“我都说了不去。”

“反正会结婚的。干吗那么下功夫? 珍珠好像没有放弃的意思。”

“那也挺有意思嘛。”

“好，那好好打吧。我睡觉了。”

“晚安。”

“你也是。”

“对了，你想没想孩子的名字取什么好?”

“Demon。”金耀焕半梦半醒地嘟囔说。

"哼，太普通了。"

裴有恩表现出不满，打了一个大大的哈欠。

"那黄犬怎么样?"

"男孩女孩都是?"

"那有什么关系。"

"也是，对。"

裴有恩愉快地微笑着，补充说："这个可以考虑。"

"向珍珠转达我的问候。对马上要结婚、即将变得可怜的珍珠。"

"不能说那些，珍珠正斗志昂扬呢。"

"啊，烦死了。人们为什么要吵着结婚，还用劣等基因污染纯粹的世界?"

"现在你真的睡吧，我也要打电话了。"

"给你读童话书啊?"

"今天不行，我得给珍珠打电话。拜托你明天吧。"

"好的，再见!"

金耀焕关上台灯，裴有恩走出了房门。

僵　尸

“我放学回来了。”

先传来了小孩的声音，然后，洗衣店沉重的玻璃门打开了，一个骨架像小鸟一样羸弱纤细的女孩走了进来。女孩看起来最多十岁，但其实十二岁了，头发的颜色是天生泛着黄色的褐色，指甲和无表情的眼珠的颜色也是一样，皮肤很白，下巴尖尖的，总做出胆怯的表情，透着像是害怕、也像是狡猾的态度。洗衣店里没有人，弥漫着昏暗温暖的气氛，那是一种特殊的寂静，不像是原本就存在的，而是危险动物暂时分神所带来的短暂平静。女孩害怕似的观察着商店内部房间的动静，没听到任何声音，女孩的表情开心起来。

“去哪儿逛游了，现在才爬回来？”

女孩的头顶传来低沉冰冷的声音，她窄小的肩膀像是要挤碎了一样，紧缩起身子。声音的主人从女孩身后刚刚打开店门进来，他就是洗衣店的老板，一个皮肤黝黑、四方脸上面无表情的大个子。

“说说。今天是周六，放学后又去电影院前面疯玩去了吧？我说过多少次了，不要去。把今天学校发的考卷拿出来。”

女孩低着头，脸被吓得发白。

“让你拿出来，在那待着干吗？”

“我错了。”女孩用弱得几乎听不见的声音道歉说。

“让你拿试卷，你说什么做错了？嗯？快点拿出来！”

“我错了，爸爸。”

这时，他看见女孩后面还静静地站着另一个人，他认出来，那是新搬来没多久的那个寡妇的女儿。他想，等会儿再骂女儿也无妨。

“朋友一起来了啊，那你就说和朋友玩了会儿才回来的呗。”

洗衣店老板那威严的语气变得温柔了许多，女孩知道自己脱离了危机。

“进去做作业，然后再玩儿吧。”洗衣店老板指着商店里面的房间说。

女孩拉着朋友的手进房间去了，虽然说是朋友，但马利是个还没上学的孩子。女孩在小区的游乐场遇见了马利，马利的家庭教师允许她去女孩的家里玩一会儿。马利的家庭教师是个长得漂亮，但常愁容满面的女人。她总是在到洗衣店取衣服的时候才允许马利和女孩玩。所以女孩觉得，她虽然看起来善良，但其实很会算计。

“真漂亮啊，怎么把头发梳成这样的？老师给梳的啊！”

洗衣店老板看到马利头上盘的夏天的发型，称赞说。自己女儿早就该理发了，头发不长不短的，很难看，而且好几天没洗，有点发馊了，但他对此好像并不关心。

女孩的名字叫姜慧瑛，但那只是证件上的名字，在家里，一直被爸爸称为烦人的丫头、懒鬼、笨得不行没有规矩的闺女、碗都刷不好的小家伙、倒霉的疯子、脖子上除了脏泥看不到其他东西的丑八怪等等。一般来说，在只是骂自己女儿或使唤她的时候，就不加任何形容词，只叫她："呀！"在学校里，女孩被同学们取了个"僵尸"的绰号，这既是因为女孩的脸总是没有表情，分外地白，也因为女孩姓姜，而且，和同学打架的时候会拿着削得很尖的铅笔毫不留情地扑过来。同龄的孩子们无论在学校还是在小区，都叫她"僵尸"，他们已经不把它当做绰号，几乎和名字一样使用了。当然，老师们不那么叫，但老师其实几乎没什么事找她，对老师来说，女孩的名字就是班级名册上存在的一个名字而已。而且关键是，女孩的班级里还有另一个姓的慧瑛，那个叫金慧瑛的孩子没有任何绰号。当然那个孩子被叫为正常的名字，所以大家都觉得叫这个女孩"僵尸"更方便。女孩自己对此有着怎样的想法，无从得知。姜慧瑛虽然又矮又小，但格外固执，而且沉默寡言。马利用钦佩的眼神看着女孩从破旧的书包里拿出书本，从文具盒里拿出削得很尖的铅笔，然后把它们放到地板上，开始写作业。这和哥哥的东西很不同，当然和自己的也不一样。哥哥的书包带着大大的金属扣，总是像太空人的东西一样，一闪一闪发着光。哥哥的教材也不是女孩用的那种别人用过的书，哥哥也不像女孩那样用芝麻粒一样的小字在本子上写得一点空白都不留。最重要的是，装在塑料袋里的一段段的蜡笔，还有蒙在灰尘里发黑的拖鞋，真是少见。拖鞋连袋子都没有，就那样卷着放在塑料袋里，马利感到一种令人窒息的震撼。而且，哥哥也不允许马利这样看他写作业。“僵尸”麻利地解开很难的算术题，填上看起来很复杂的音符，在素描本上画好青蛙，用铅笔绘出长得很奇妙的地图。“僵尸”不说话，马利也不说话。“僵尸”突然皱起脸。

“啊，肚子疼。啊，可能快来月经了。”

“那是什么？”马利睁圆眼睛问道。

“你不用知道，你还是小孩。”“僵尸”态度冷淡，若无其事地说。

“什么啊，告诉我吧。”

马利觉得，从无所不知的“僵尸”嘴里说出的话，都是那么新鲜而神奇。

“不能跟小孩说，小孩子不知道也行。”

“那也告诉我吧。”

“那你能保证不跟任何人说吗？”

“嗯。”

马利怕“僵尸”改变主意，马上点点头。

“不，那也不行。你太小了。那个是，嗯，只有长大的女孩才会有的事，所以，要是大人知道我告诉小孩子了，我也许会挨骂。”

“僵尸”摇摇头。马利跪着朝“僵尸”走去，挽起她的胳膊。

“我会从家里给你带巧克力来。”

马利知道“僵尸”喜欢吃巧克力，家教在下午喝牛奶的时间给了她一些巧克力和饼干，马利打算不吃，留着带给“僵尸”。

“真的？”

“僵尸”的眼睛有了神采。

“当然。”

马利点点头。

“饼干也带来吗？拿些大点的。”

“好的。”

“那就告诉你吧。那个吧，月经就是你睡一觉起来，发现被子上有血，然后就肚子疼。”

“僵尸”为了更像回事儿似的解释自己也只是一知半解的事情，皱起了眉头。

“还有，要是不把被子洗干净，也许家教会打你。”

“真的？”马利似乎怎么也无法相信，充满疑惑地问道。

“当然了，可能你很难相信。最重要的是，你洗被子的时候，不能让任何人看到，可能你得在半夜别人都睡着的时候起来洗。如果别人看到那血或者染上血的被子，那你就得羞死。更可怕的是，一旦开始，就会每个月一次，直到死你都要经历那件事。”

“为什么被子上会染上血?”

“因为会从你的身体里流出血来。”

“身体哪里?”

“屁股。”

马利眨着眼睛，似乎更加难以置信。

“竟然出血！很疼吗?”

“肚子疼啊。很疼。不能上体育课，也不能随便动。”

“那我不想要。”

“不是你想怎样就怎样的。”

“那把屁股挡上就行了吧。”马利使劲甩开导致浑身酥痒的焦虑感，豪放地喊道。

“那可能你就不能生孩子了。”“僵尸”冷静地折断了马利的希望。

“那也行，我讨厌疼。”

马利不知为何，虽然“僵尸”分明在说谎，但她还是像看了恐怖电影或做了噩梦似的，脊梁一阵发凉。从爸爸没有回家的那天开始，马利就感到，一种茫然不安的影子盘踞在生活中，在具有认知能力之前体会到的感觉，是到死也不会忘记的，那是一种马利用语言无法形容的不安，对于马利来说，那种感觉不可描述，只是作为幻影而存在。那是一个漆黑的夜晚，在关了灯的房间里，妈妈哭了。这就是故事的全部。马利太小了，不知道世界上实际发生了什么事情，人们是怎样出现又是怎样离开的。只是，在马利的视野里，事物像流水一样，出现又消失，而她掌握的语言所能形容的世界，只是通过黑夜和白天不断延续。来、去、有、没有、看得见、看不见等等，在这中间，抽象的世界对于马利来说是难以理解、难以接受的。妈妈为什么哭，爸爸为什么不见了。虽然妈妈说，马利上学的时候爸爸就会回来，但哥哥在早餐桌上说那是假话。在发出具体疑问方面，马利的经验还太少。关于爸爸的记忆变得越来越模糊。现在妈妈不哭了，哥哥也不说爸爸的事，爸爸的衣服和物品被装在箱子里送到了很远的地方。现在，马利只是还留有一点点混乱，但那混乱的程度对马利来说并不是致命的。来、去、有、没有、看得见、看不见，那中间什么都没有，只剩下不安的影子，用马利的语言还无法形象化的不安的感觉。

"什么时候把巧克力和饼干带来?"

"明天。"

"不能被爸爸发现，所以明天你得偷偷拿来。"

"僵尸"和她约好，然后，貌似不安地转着眼珠补充道："其实，爸爸是为了我才那样的，饼干吃多了牙会坏的。"

"'僵尸'你也有那个吗?"

"哪个?"

"刚才说的那个，被子上有血。"

"啊啊，那个啊。"

"僵尸"虽然说得挺神奇，但其实月经对于她来说，和马利一样，也只是个未知的事物。

“还没有，但马上就会有了。我在等呢。长大了的女孩都会来那个，否则就不能生孩子，你知道孩子是怎么从身体里出来的吗？”

“不，不知道。”

马利摇摇头，她对那样的问题没有太大兴趣，其实，还有些厌烦。和站在青春期门槛边的“僵尸”不同，马利还是个小孩子。马利心里想，“僵尸”说的被子上染上血的事分明就是假的，是为了吃巧克力和饼干而撒的谎。“僵尸”虽然在隐瞒，但“僵尸”爸爸虐待她的事，小区里的人都知道，可马利并没有流露出来，如果“僵尸”不跟马利玩，那马利就一个朋友都没有了。当然，幼儿园有很多小朋友，但他们对新来的马利并不亲切。换幼儿园是件令人悲伤的事，在新的幼儿园里，小朋友们唱的歌不一样，游戏的规则不同，英语老师跟小朋友们打招呼的方式也不同，甚至连引起老师注意的方法也是不一样的。举个小例子，在新幼儿园里，谁都不穿到膝盖的白袜子，而在上个幼儿园里，整个夏天都流行那样的袜子，女孩们都缠着妈妈一定要穿，因为大家都穿，如果谁不穿，就会被认为是奇怪的孩子，肯定没有人愿意跟她玩。但到了新幼儿园，马利穿着到膝盖的白袜子时，其他女孩都好像很新奇似的看着她。新幼儿园的女孩们都穿着黑色的长筒袜，只有一个孩子穿白色的长筒袜，但她有大龅牙，谁都不愿意跟她玩。第一天，马利要和那个孩子一起吃加餐，难受得要死。在加餐时间，所有孩子都唱了开头是“远处传来的教会钟声……”的歌，马利不会唱，在上个幼儿园，加餐时间唱的歌是“快乐幸福的家，爸爸妈妈在种花”，马利特别喜欢那首歌，还喜欢另一首，歌词里有一句是：“oh，my darling！oh，my darling！oh，my darling！Clementine！”在休息娱乐时间，马利在小朋友们面前唱了这两首歌，但其他小朋友们都不喜欢这些歌，反应冷淡。

“那都不知道？傻瓜，我告诉你啊？你把你那个红色的钱包给我，我就告诉你。”

“不，不给。”

马利打了个哈欠。马利真希望“僵尸”不要讲太多这样的话题，她是故意讲这些不愉快的事情来吓唬自己，这些马利都知道。

“是吗？那没办法了。那你给我看看你的红钱包行吗？”

“好的。”

马利摘下挂在脖子上的红色儿童珠子钱包，递给“僵尸”。钱包是上次生日妈妈送的礼物，马利很喜欢，总是带着它。

“哇，真漂亮啊。”

“僵尸”用赞叹的眼神小心仔细地看着钱包，马利有太多漂亮的东西，家里有很多娃娃，那些娃娃的衣服都比“僵尸”的衣服多得多。马利虽然没有爸爸，但有个时髦的妈妈，还有家庭教师。她可以随便吃好吃的饼干，总是用漂亮的发卡盘着头发，还穿着闪闪发亮的新皮鞋。“僵尸”觉得不公平。马利是个傻瓜，对于“僵尸”说的话，她几乎毫不怀疑，跟她要饼干或玩具，她也都给。

“这是什么?”

“僵尸”打开了钱包上的金属扣，两个一百韩元的硬币滚落到地板上，“僵尸”捡了起来。

“这是从哪儿来的?”

“僵尸”装作没有看到硬币是从马利的钱包里掉出来的。

“是我的。”

马利让“僵尸”还回硬币。

“这怎么是你的呢？在我家捡到的就是我的。”

“这是我钱包里的，你打开钱包的时候掉下来的。”

“从你钱包里掉下来的?”

“僵尸”露出怀疑的目光。

“没法相信，我没看到。我只是捡起了掉在这里地板上的钱。肯定是早上我换衣服的时候掉的，所以是我的。”

“不是，是我的！那是今天早上我洗头的时候没有哭，妈妈奖给我的。本来在这，现在没有了。”

马利到最后也不让步，所以，“僵尸”表情可怕地瞪起眼睛怒视着马利。

“我早上也从爸爸那儿拿到了钱，我还想呢，怎么不见了，原来掉这里了。马利，你，说谎啊！说谎的孩子会变成怎样，你学过吧？半夜披头散发的鬼会出来抓你！可能被子上会染上红色的血，多得你自己怎么洗都洗不掉。你打算怎样？”

因为恐惧和愤怒，马利的脸变得通红，声音也带着哭腔。

“说谎的是你，你爸爸不会给你钱的，大家都说他不给你买饼干，也不给你买衣服。”

“什么？谁说的？不是的，不是那样的。”

“僵尸”穿着曾经装在教堂救济品盒子里的传统蕾丝装饰的旧连衣裙，勃然大怒地站了起来。领子和袖子的蕾丝由于开线，乱飘着，但“僵尸”不会缝，那是很久以前，修女看到“僵尸”勉强穿着已经小了的衣服，觉得可怜，亲自送给她的。“僵尸”的黑袜子上破着洞。她虽然年龄小，但对家里的所有活儿都很熟悉，她的手大得跟小身躯不协调。“僵尸”的妈妈五年前离开了家，从那时起，“僵尸”就跟施虐狂父亲两个人生活。

这时，在洗衣店里，老板正用亲切的态度招呼着来洗衣服的顾客。他们是一男一女，站在老板前面，表情有些忧虑，不知道衬衫沾上的污点是否真能洗干净，但洗衣店老板很自信地保证没问题。

“别担心，客人。那样的污点（洗衣店老板这时瞟了一眼衬衫上的污点）对我来说不成问题，可以洗得跟原来一样，谁都看不出来，不，会比原来更好。”

“那拜托了。”

“您慢走。衣服我会在规定时间内洗得很完美，您不用担心。”

洗衣店老板搓着双手手掌，直起腰的时候，看见小区里新搬来的寡妇家的家庭教师正要进来，他快速走过去打开门。

“欢迎光临。啊，天气好热啊。当然您家里有空调应该很凉快，但平民的生活哪能那么舒服？洗衣店本来热气就多，所以也不能装空调。划不来啊。在这宽敞的店里冒着机器和熨斗的热气，还堆着这些冬天的衣服，要想在这里装空调，如果不是生意好到忙得不可开交的程度，无论如何是不可能的。再说，洗衣行业竞争很激烈，根本没有多少利润。当然，您大学毕业能知道，洗衣费上一次涨价都不知道过去多少年了，所以连洗衣店维护费都很难挣出来。您坐在电扇旁边吧，打开窗户还能舒服一点吧。”

“有两套羊毛套裙，还有皮手套和围巾。”

珍珠对洗衣店老板过分的热情一点都不感到高兴，所以希望按部就班地尽快把事办完。珍珠讨厌这个男人，因为他对顾客表现出近乎吵闹的亲切，即便如此，他那看起来冷酷的眼神也从未改变，让人直起鸡皮疙瘩。还有，他有时对自己女儿的态度很差劲，虽然这是别人家的事，但仍觉得他很讨厌。他和一只面前放着垂死猎物的鬣狗没什么区别。虽然珍珠感觉来洗衣店不是件愉快的事，但反正也得来，白天保姆说忘了去洗衣店，于是拜托珍珠来一趟，所以也没办法。而且，还得把马利接回来。

“好的，放那里吧。围巾是丝绸的吧？两天就行了。”

“还有，我来接马利。刚才‘僵尸’，不是，您家女儿放学的时候和她一起走了。现在在这吧？”

“当然，应该在一起玩呢。房间挺热，可她们在里面一动不动，就像您看到的，我活儿忙，也没能进去看看。”

洗衣店老板擦擦额头的汗，用毫无光彩的眼神瞟了瞟珍珠。当他没有说话，连例行的一声“呀”都没说便哗地打开房门的时候，马利正在那默默地流眼泪。马利想要抢“僵尸”手中握着的百元硬币，“僵尸”攥着不想给，马利的一只手抓着“僵尸”的一把头发，“僵尸”的一只手上举着削得尖尖的铅笔，笔尖正朝着马利的额头。“僵尸”正要用锋利的铅笔划向马利的脸，珍珠忙跑过去，把马利抱了起来，几乎同一时间，“僵尸”的铅笔插在马利刚才靠着的墙上，变得粉碎。

洗衣店老板勃然大怒，大声喊道：“这是在干什么？让你们一起玩，让你们打架了吗？”

马利终于在珍珠的怀中放声大哭，“僵尸”又回到冷淡无味的无表情状态，不过，虽然她的眼珠好像定住一样一动不动，但狭窄的肩膀像痉挛一样抖动着，从这可以看出，她其实比珍珠或马利更加恐惧。洗衣店老板对“僵尸”用下巴示意，好像在问什么事似的。

“呀，怎么回事，到底？”

“僵尸”的手掌失去了力气，瑟瑟发抖，两个百元硬币掉在地上，发出哐当哐当的声音。马利哭着，跑过去捡起硬币又回到珍珠的怀抱里继续哭，她一只手紧紧举着珠子钱包，钱包一边的带子已经断了，马利应该是使出了全部力气进行了一场艰难的斗争。

“这个小偷！”

洗衣店老板了解到情况后，穿着鞋就进了屋，把“僵尸”拖了出来。

“我一定要证明给您看，我是怎样纠正我女儿的坏习惯的，一定！”

洗衣店老板向珍珠表决心似的说完后，朝着抖得像筛糠一样的“僵尸”的脸上挥去了拳头。咔嚓！传来像小鸟骨折一样的微弱声音，“僵尸”的鼻血喷了出来，洗衣店老板的拳头上沾满了血。马利看到鲜血，像抽风一样大声惊呼，全身挣扎着，吓得要死。珍珠突然想到，应该阻拦他，但还是要先照顾马利，毕竟她是为了保护马利被雇用的。洗衣店老板第二次打“僵尸”的时候，传来了“僵尸”满是鲜血的鼻骨完全塌陷的声音，珍珠抱着马利，逃一样地离开了洗衣店。

黑色的一天

他们之间的关系是那种随处可见的，即人们常说的婚外恋情侣。

而且，他们也是人们常说的那种郊外酒店的客人，也像人们经常想象的那样，表情通常很复杂，似乎在独自保守着重要的人生秘密。在各自分开的时候，他们时常表现得像令人费解的艺术家，而在一起的时候，即使没有人看到，他们也会无缘无故地低下头。他们的外表平淡无奇，性格也属于小心谨慎的一类，他们只是希望，像别人都做的那样，尝试一次。本质上，他们都是谨小慎微的人，所以，刚开始的时候，还会互相担心对方另有所图，但就像经常看到的大部分胆小鬼一样，他们很会察言观色，很快就知道，可以不必为那样的问题担忧。他们放下心来，瞬间变得很胆大，并且相互感激，如果不是对方，可能这辈子都遇不到安全的婚外恋对象，那样的话，会是多么无聊的人生！

他们总是穿着平常衣服，开着随处可见的车，像约好了似的，都喜欢听没有个性的沙发音乐，只读杂志或随笔之类的书，因为他们认为，杂志和随笔中浓缩了所有书中的内容。他们只有一次各自跟家人说去出差，然后去北海道旅行，但整个旅行期间，他们都内心不安，所以，那种方式的蜜月旅行只有过一次。在周围的人们看来，像他们那样的情侣，总是会夸张地开心或忧郁，而且，就像很多人通常选择的，只对各自很亲近的一两个朋友透露他们的关系，享受他们的嫉妒与羡慕。当然，他们也有自己固有的名字，但名字并不重要，因为他们只是平常的男女。

他们中的男人很爱干净，有些神经质。他起床后，拾起了散落在床上的头发，为了去除味道，他用和家里一样的肥皂洗澡，去过一次的酒店绝对不会再去，洗过的头发没有全干之前绝对不回家。他给（他们中的另一个）女人打电话的时候总是使用公用电话，而且，虽然繁琐，但他仍然极度小心地不在衬衫或西装上沾染口红、香水、化妆品的痕迹，或是口水等可疑的污点，见女人的时候不使用信用卡，十分谨慎地不因乱停车或闯红灯而被违章拍照。女人也是一样，敏感的程度不亚于他，但有些不同的是，她最害怕在身体上留下痕迹，比如淤青或咬痕，但无论怎么小心，都不能做到完美。男人在整理床和衣服的时候，女人在浴室镜子前从头到脚地仔细检查自己，细微的划痕和很小的指甲印也都要事先发现。对这些细节过分在意的时候，他们偶尔也会彼此产生隐约的憎恶感，那样的时候，他们会一个多月不联系。

他们对秘密如饥似渴。他们需要的正是它，在夫妻或家人的围城中共有的、公开的事物之外的私密生活。他们对各自的婚姻状况都比较满足，但“满足”这个简单的词语到底意味着什么，在他们的心中并没有准确的定义。他们既有很多满足的理由，同时也有很多不满足的理由，有时他们躺在床上，会产生一种“陷入怀疑”的心情，想着想着就睁开了眼睛，但他们没弄明白，产生那种心情，只是因为没有把握住“满足”这个词的意义，进而出现了彷徨的后遗症。他们虽然对各自的婚姻生活大体满足，但没有思考“满足”是否意味着“完全不需要其他东西”，即便如此，为了给自己的行为赋予一定程度的正当性，他们一下子接受了从外部注入的很多杂乱价值，然后陷入了认知的混乱之中。从表面看，他们的生活像是完美的剧本，需要“临时演员”的出现来打破单调。当然，他们也像大部分普通恋人那样，在一定程度上形成了情感共鸣。但是他们不是傻瓜，不认为这种关系会一直持续下去，总有一天他们会互相感到厌烦，会觉得在宾馆约会还不如在家看电视，并且会意识到，和兴奋比起来，对方的存在更是一种麻烦。反正，所有事情都会有倒塌的瞬间吧，那当然没有开始的时刻那么甜蜜，那个时间也许临近了，事实上他们正在慢慢远离对方，现在已经不是一定需要彼此了。他们在一起的时候，男人打哈欠、女人看时间的情况越来越多了，都沉浸在各自的世界里。在家里坐在客厅和家人一起看电视的时候，每当看到绝美的婚外恋悲剧，他们都不自觉地会把自己替换成电视剧的主人公，一般来说，那种替代作为短暂的想象是可能的，但如果在现实中有某种祸因或借口，那么替代感就会变得更加强烈，他们彼此之间恰恰成为了对方的祸因、借口或条件。这种情况与他们自我陶醉式膨胀的自我意识有关，他们认为，自己比别人特别，因此如果失去对方，那似乎就即刻失去了自恋的条件。所以，他们并不着急做出最终决定，即使身体里的时钟在急促地提醒着他们。

“这个有点奇怪啊。”

男人仔细检查衬衫后，对站在浴室镜子前面的女人说。

“刚才踩到我的衬衫了吗?”

“怎么会！我没踩你的衬衫。”女人站在浴室，用不太高兴的语气说。

“那就奇怪了。这个污点是什么？衬衫皱了，尤其是这个污点擦不掉。”

站在浴室的女人认为，那没什么奇怪，但对方说自己踩到衬衫时的坏语气还在继续，很让人烦心。她瞟了一眼自己的脚底，不怎么脏。

“会不会是啤酒？刚才你往我身上倒啤酒的时候，啤酒洒到地上了，可能是它。”

“不是。这也可能是拖鞋的痕迹。”

“那个脏拖鞋我穿都不会穿。”

女人一边费神地想，肋骨下面硬币大小的暗红色斑点是淤青血块还是单纯的皮肤变色，一边回答对方的疑问。胸部旁边也有小的红色淤血，她用手摸了摸，好像没有结成块，这个看起来像是有人掐过的痕迹啊，但在日常生活中，这样的淤血也经常会有，不用太担心吧，或者，这难道是癌症的征兆？

男人的声音妨碍了女人的思考。

“啊，现在知道了，刚才你垫着我的衬衫坐了吧？”

“没有啊，我没垫你的衬衫坐啊。”

女人像鹦鹉一样重复道。

“那这会是什么呢？真让人劳神。”

“也许是你洒上的什么吧。”

“会是什么呢？”

男人把衬衫拿到窗边，对着光看那模糊的污点。虽然有些模糊了，但那分明就是个污点，用水擦也擦不掉。不，男人越看越觉得，那个污点似乎在慢慢变大变深。

“看不太清楚啊，我觉得你好像过分在意了。”女人一边穿内衣、衬衫和裙子，一边说。

“看起来像血啊。”男人自言自语。

“血？你说什么呢？”女人强烈反驳。

“你小心点，刚才不是差点踩了我的领带嘛。”

男人指出女人的疏忽大意，捡起掉在地上的领带。尽管领带没有褶皱，但他还是爱惜地用手把它抚平。

“不管怎样，得去趟洗衣店。”

“嗯，去吧，这个随你便。”

男人站立着，透过酒店窗户，可以俯瞰到下面幽静的住宅区。酒店位于高处，和平时一样，他们是第一次来这儿，在这里可以看到房屋、火车站、周边的白铁皮临时建筑物和停车场。风景没有什么特别之处，酒店房间里也没有什么特别，地毯、床、桌子、烟灰缸、玻璃水杯、复制画（欧洲某地的普通风景画）、拖鞋、啤酒、避孕套、毛巾、塑料梳子、不太整洁的窗帘、男人的包、女人的包、车钥匙，还有空穴来风式的陌生感与忧郁。男人发现，住宅区入口位置有一家洗衣店。得去那儿一趟，男人变得很焦急。女人什么都没说，听从男人的想法和行动。走出酒店，他们心里很想知道，使他们内心肿胀得像气球一样的暂时兴奋，和之后又袭来的瞬间的淡淡愤慨，究竟是什么？

他们坐上车，朝洗衣店开去，彼此都没有说话。从车里可以看到，那里有一个游乐场，孩子们正在里面玩耍，一个年轻女人手里拿着像是要去送洗的衣服、整个人陷入思考、快速向某个地方走去。男人打了个哈欠，担心地看了看衬衫上的污点。“这真的像血啊”，他心想，那是种浓度模糊、急忙擦拭后只留下残痕的血迹，令人有点不愉快。女人想着别的事情。太烦人了，这世界虽然到处都是烦人的事，但遇见男人真的很烦人，不，活着本身就很烦。然后，女人扑哧笑了，因为她觉得自己太矫情。女人的笑让男人更加不愉快，于是，继续保持沉默。

他们一到洗衣店，洗衣店老板就和气地跟他们打了招呼。洗衣店里特别热，满满地放着冬季外套，以及各种丝绸和羊毛衣物。里面还有一间门很小的房子，门前放着两双童鞋，像是有小孩在。两双鞋分别是一双看起来挺值钱的小皮鞋，另一双则是破旧得不行的运动鞋。洗衣店老板是个目光冷酷得吓人的男人，但对客人的态度正相反，虽然只是表面文章，但真是亲切得让人别扭。

“最好尽快洗出来，一两个小时。”

听到男人这样说，女人想，那绝对不可能。但洗衣店老板不那么想。

“当然，一个半小时给您洗好。您好像很着急，我先给您处理。”

“真的可以？”

“不用担心，客人。那样的污点（洗衣店老板这时瞟了一眼衬衫上的污点）对我来说不是问题，可以洗得跟原来一样，谁都看不出来，不，会比新的还新。”

洗衣店老板接过衬衫，女人无意中看到他的手，吓了一跳，它让人联想起正在叼小鸡的老鹰的尖嘴或者钩爪。

“那拜托了。”

“您慢走。衣服我会在规定时间内洗得很完美，您不用担心。”

从洗衣店出来的时候，他们与刚才在车里看到的那个年轻女人擦肩而过，后者好像走得很急，脸颊微微泛红，匆忙进到洗衣店里。

“天暗了。”男人说。

他们从洗衣店出来，走了一会儿。男人因为脱掉了衬衫，所以把放在汽车后备厢的运动上衣披在了身上。虽然太阳还没有完全落山，但天空奇怪地暗了，好像日食一样。他们站在房产公司的广告牌前，仔细地看了看周边新小区的地图。地图很详细，连小胡同、邮筒和停车场的规划都有。

“这个地区有投资的价值吗?”

男人像真的感兴趣一样，仔细地留意看着房产公司的广告牌。

“但听说价格已经涨了很多。”

“应该是。像我们这样的普通人知道的信息，其他人可能都已经知道了。”

他们又回到话题穷窘的状态，在周围徘徊了几步，然后，男人又重复说：“奇怪啊，天暗了。”

“有云嘛。”

这次女人回答了，她的语气好像认为，男人问的是理所当然的事情。他们重新回到车里。现在怎么办呢？女人的车停在首尔火车站停车场，他们可以设定两种情况：第一，女人坐出租车先回去；第二，女人和男人一起在附近喝点茶，等待洗衣结束。

“你打算怎么办?”

男人这样问的时候，从天空掉下第一颗冰雹。

“是冰雹啊!”

女人看着掉在自己伸出窗外的手掌上的粗粒冰雹，好像事不关己一样厌烦地说。

“所以天暗啊！”

男人就像终于能理解了似的，点了点头。虽然他们的对话只不过就事论事，但为什么听起来那么没有意义，他们也并不是一定想知道原因。在他们说话的时候，天空瞬间变得像深夜一样黑，黑得令人无法置信的乌云载着不祥的闪光，覆盖了整个天空。

“啊，得关上车门。”

“嗯，得关上。”

他们在车里呆呆地看着冰雹，冰块像要摧毁汽车一样，声音大作地掉落下来，就像一群疯狂攻击的蝗虫。阴冷的风呻吟着占领了房子、道路和建筑物的每个角落，雨伞般大的树叶在空中飘着。天黑得令身边人的脸色突然发生了变化。

“哭什么？”男人看着女人，惊讶地问。

“我也不知道。”女人回答。

“有什么事吗？”

“什么事都没有。”

女人掏出手帕擦了擦眼泪，然后，他们又回到了沉默中。下冰雹的时间不长，天空变黑也只是片刻的事，但根据不同人的情况，那时间也许会像永远一样长，他们的情况就是如此。那样的一天，对于他们来说，将被记作黑色的一天。想到现在就是终结，当然，这样的想法还只是单独存在于各自的心中，但他们还是奇怪地感到褴褛和羞愧，不是对对方，而是对自己，生发出强烈的怜悯。

“饿吗?”

男人小心地问。

“不饿。”

女人还有点抽泣。

“那，喝点茶去?”

“好吧。”

女人微微地笑了。

他们去附近的茶馆喝茶，各自买了报纸在桌前看。时间过得很慢，让人心急。女人磨了磨指甲，捋了捋头发，翻了翻包，终于忍不住，拜托茶馆老板帮她叫了出租车。男人没有挽留，他也已经打了上百个哈欠，翻来覆去地阅读着无聊的政治丑闻报道。男人打算，一到一个半小时，就像闪电一样奔向洗衣店。奇怪的无休止的焦虑与疲惫支配着他们，那种厌烦的感觉超越了它本身的性质，最终使人想要攻击或憎恶没有明显缘由的对象。男人没有送女人，女人不关心男人的衬衫。他们知道，那天是最后的见面，现在谁都不会再联系对方。虽然比起分手这个问题，衬衫的事更小、更微不足道，但那天男人绝对无法取走衬衫，洗衣店老板无法遵守约定，他们那时并不知道。

有人慢慢变穷，也有人瞬息间就没落了。有人出生的时候就贫穷，但有人一出生就变贫穷了，也有人在很小的年纪变贫穷，所以一点都记不起不贫穷时候的事情。还有人用文字记录下了富裕时期的事，或者存有那个时期的照片，那样的话就比较容易记起来。贫穷也分好多种，比如，饥饿的贫穷。这是最本质的东西，最近经常被忽略，但贫穷从根本上包含饥饿，表现为饥饿感、眩晕、头痛、恶心、无力症和空虚的瞳孔，还会出现与之相反的情况，例如，没有明显缘由的攻击性或过度的自我执着。贫穷的性质恰恰正是饥饿的性质，即使不至于缺乏食物，贫穷也仍然是饥饿。对于我来说，积极意义的贫穷已经不是单纯的贫穷了，因为那样的贫穷并不存在，贫穷是超越了单纯的生活不便和内心耻辱感的某种东西，它在情感上支配着人，支配着某个人、他的儿子、儿子的儿子。因此，对于那些只记得饥饿贫穷而富裕时期的事情全部忘记的人们，即使往他们嘴里塞进面包，也无法阻止他们对食物的贪婪，否则就会痛苦，因为除了这个，他们什么都不能做……是的。我，我现在太痛苦，所以怎么也无法继续写下去。

“因为太痛苦。”他看着那句话，用干燥的嘴唇读着。因为，我，现在，太，痛苦。他的房间在地下室，所以能在眼前看到掉到地上裂成碎片的冰雹，世界像是被压在一只巨大的恐龙肚皮下面，很黑很暗。他用空虚的眼睛望着离他太高的地面上的黑暗，一个连灯罩都没有的灯泡挂在地下室天花板上，灯光浑浊朦胧，墙壁上露出的生锈的管子是老鼠和蜘蛛们的通道。世界变暗了。他不能继续写文章，趴在书桌上。他在哭吗？

他将手伸进兜里，掏出最后的硬币。他已经很久没有感觉到想吃什么的欲望了，冰箱里只有些干瘪的面包片。墙壁和天花板上布满了蜘蛛网，就连洗脸池上的香皂也被老鼠叼走了，潮湿的壁纸已经和墙壁分离，为蟑螂提供了空间。书桌上的盘子里盛着一个红苹果，那是这个房间里的所有物体中（包括他在内）看起来最有生机最新鲜的东西。他虽然不是画家，但喜欢静物素描，没有活儿的时候（虽然几乎总是没活儿），或者在憋闷昏暗的房间里写文章或读书读累了的时候，他就会从抽屉里拿出彩笔，在素描本上画苹果，画窗户上已经干死许久的花盆、橡皮、铅笔、书、洗脸池、仅有的皮箱和旧皮鞋等，那对他来说是种微小的快乐。硬币从他的手中掉下，滚落到地板上。他仔细想了想用硬币可以买到什么，一个抹糖的面包圈，一根用作加餐的香肠，一袋面条，豆腐和两个鸡蛋。他很久没买过东西了，已经忘了小区入口的杂货店里还卖些什么。他感到无力，这种感觉不知从什么时候开始的，想不起来了。他分明记得，自己富裕的时候，穿着高档西装、好看的皮鞋，坐着好车。他虽然很小，但许多雇员向他低头，老师上门来教他学习，他看的都是价格昂贵的画册，多像做梦一样啊！现在的他，穿着有破洞的袜子，很久没有理发，身上是发臭的衬衫，兜里只有一个硬币。而且，由于长时间的饥饿，牙齿也脱落了。

他不记得最后一顿饭是什么时候吃的，但肚子不饿，也没有食欲，不过，他可能应该吃饭了。面包，他有面包。他陷入无力的悲伤状态，做饭是无法想象的，而且也没有可做的食物。但他还是慢慢起身，开始准备餐桌。不知道什么时候吃过像样的饭。他从冰箱里拿出干面包，为了不弄碎，十分小心地切成薄片，分盛在两个盘子里，然后，在餐桌上与盘子并排放好两把叉子和两把小刀，从碗橱拿出玻璃杯，倒上了自来水代替红酒，接着，拿起书桌上的苹果开始削皮。由于长时间营养不良，以及生活在密闭的空间里，他处于非常疲惫的状态，但他仍尽力使苹果皮削得不过于厚或薄，除去核后，又尽力把样子弄得好看些，切成了两半，分放到两个盘子里。然后，他从衣柜里拿出两块洗过的手帕，把它们分别放在餐桌的两个盘子旁边，最后，点燃了烛台上烧剩下一半的蜡烛，端正地坐好。在备餐的过程中，他的眼神似乎复苏了，干枯的四肢也仿佛涌出了力量，他的态度从最初的无力和绝望中解脱出来，端正、有礼有节。虽然餐桌寒酸，但仍有一种肃然的力量。他像巫婆一样兴奋。

天黑了啊！今天是黑色的一天。

他想。现在还不到深夜，但下着冰雹，风瞬间袭来，所以天空就像没有月亮的夜晚一样漆黑，如墨般的云团翻滚着。世界的最后一天会从所有丑恶的欲望中迎来自由！他干瘦颧骨之间明亮的双眸看着餐桌对面的空位置，那里坐着只有他才能看到的某种存在。

“我在给你写信。”他说。

说话时，他的嘴唇上隐约浮现出微笑，那种由于太久没笑已经忘了方法的微笑，如果那时走在昏暗路上的行人被烛光吸引，往他的地下室看，也许会看到一个像哭一样颤抖着嘴唇的人。

他苦苦哀求：“不要走，在这顿饭结束之前。”

他把苹果切成小块，又用手撕开一片面包。

“不，这顿饭结束之后，把我一起带走吧，我会跟您一起走。”

他对自己说的话思忖片刻，任何拒绝、恐怖、犹豫和抵抗都没有产生。所以，他又露出了微笑。

“Guten Appetit！（德语：祝你好胃口！）”

他用叉子叉起一块苹果开始吃，周围传来救护车的声音，但这没有妨碍他的晚餐。

那个，你有吃的吗？

卢勇起床的时候是下午一点多。他有上午绝对不起床的原则，因为上午起床就意味着一天会变长，漫长的一天对于他就意味着漫长的饥饿，而且他也没有什么约好的事要做，没有匆忙的理由。因此，虽然实际上醒来是在中午之前，但他没有马上起床，他先确认了时间，然后又蒙上了睡眠眼罩。这是个没什么可忙的人，他相信，为了健康，一天要充分保证九个小时的睡眠。有一天卢勇从医院病床上找回意识的时候，医生说不要使神经劳累，一天要睡九个小时，要经常用热水洗澡。虽然这是很久以前的事了，但卢勇仍然不停地向自己确认，依然遵守着那样的原则。现在他的头痛消失了，眉毛也不痉挛了。

起床后，他在浴室里打发时间，认真地洗澡，又精心地剪了指甲。如果俊熙借给他钱的话，也许就能在餐厅里吃饭了，但俊熙分明不会借钱给他，那太理所当然了，所以他没想过谴责俊熙。他也许去不了餐厅了，他知道，那样的想法已经思考了一个多月了。他打了个哈欠，寻思着是应该为了跟俊熙借钱去她公司呢，还是应该因为俊熙肯定会拒绝而省略去公司见俊熙的过程。如果可以省略，那他就算是多出了半天时间，那他能做什么呢？卢勇没钱也没关系，为了借三千韩元或二千五百韩元去找俊熙，这对于卢勇来说，是去找俊熙的一个在道德伦理上顺理成章的理由，即使在卢勇快饿死的时候，情况也如此。俊熙就像是在卢勇寻找食物旅程开端的一所教会，即使是个没有什么东西可吃的教会，但他不是也可以习惯性地去祈祷吗?！但现在卢勇真的很饿，从昨天傍晚开始，他什么东西都没吃。他觉得这一系列情况都太老套，又皱起脸打了个哈欠。吃饭要去餐厅，当然得花钱，他不会有钱的，因此连去餐厅的必要都没有。这样的无力感让他很心烦，他回想起能够吃啊吃、吃得肚子都快撑破的时候，一盆牛奶一饮而尽，肉汤洒到地上，煮的土豆、西红柿和意大利面伸手就能取到。那时卢勇是一家西式快餐店的厨房职员，他经常把食物装在黑色的垃圾袋里，装作要扔垃圾，其实都带回了家。他觉得，在自己被无缘由地解雇之前，那还是一段不错的时光，他能吃得饱饱的，土豆和面条，还有肉末，都满满地堆到嗓子眼了。只要有一点窍门就行。即便这样，他仍把那些吃腻了的肉渣、洋葱丁和西红柿块，还有煮鸡蛋和火腿，以不新鲜为由扔进了垃圾桶。那时候他还不太懂事。在飞机里负责机舱服务的乘务员以不方便搬运为由，将易拉罐里剩下的橙汁和牛奶都以那样的方式随意扔掉。如果他现在有在超市工作的朋友，就能得到过期的沙拉了，同样还能得到不太新鲜的熏鱼和几块面包，最近没有人想吃那样的东西。卢勇曾去大餐厅讨过要扔掉的食材，但他们没给，不知道为什么。人们排着长长的队等位，服务员们像松鼠一样忙碌着，装作很开朗。卢勇走近他们，他们环顾四周，为这个单独的男顾客寻找合适的座位。

“客人，您想到吸烟区吗?”他们问卢勇。

“不是吸烟区。我来拿些这里厨房要扔的食物。”

卢勇说完，他们吓了一跳。卢勇没怎么降低声音说话，所以，周围吃饭的人们也抬起头看着他。

“您说什么?”

服务员做出发愣的表情。

“食物，吃的东西。过期的火腿或者变硬的面包或者煮过头的面条，能拿吗?”

“那样的东西我说了不算，得问经理。”

“那您能带我见下经理吗?”

卢勇一说完，服务员就做出了生气的表情。

“现在这里客人很多，我们很忙。经理就是站在那边的那个人，你最好自己过去问。”

经理是个穿着西装的年轻男人，正在笔记本上记着什么。他朝着卢勇微笑。

“客人，您有什么不满意的吗?”

“我想来拿点食物，这个地方不用的、要扔掉的食物。”

“我们不扔食物，就像您看到的，只做好了卖。我们如果有扔的东西，那不叫食物，叫做垃圾，客人。”

“我说的是，那个，有一段时间是食物，但不新鲜、过期的火腿或者面包或者奶酪什么的。”

“那样的东西我说了不算，厨房有单独的管理人员。我对那些东西怎么处理知道得不详细，但就像您看到的，现在厨房很忙。”

“那我能知道，什么时候再来吗？”

“这个……”

经理做出暧昧的表情。

“也许十点以后，我想那时会空点吧，虽然不能肯定。”

卢勇回到家里，忍着饥饿，等待十点钟的到来，然后又去了那家餐厅。客人明显减少了，但厨房负责人对卢勇说，什么都不能给。

“为什么？”

“我们要把剩下的食物送到救济机构，那是合情合理的吧。”

厨房负责人向卢勇投来驳斥的目光，好像在说，答案是显而易见的。

“是什么样的救济机构？”

“不太清楚，可能就是孤儿院、慈善医院、失业者救济机构之类的吧！我们没有义务连那都知道，我们只要拿到证明就行了。”

“什么证明？”

“区政府发的残余食物不使用证明和捐款证明，是与税金有关的文件。”

“那我也一样包括在那些救济对象里，我现在很饿，今天什么都没吃。”

“我们不是直接的救济机构，如果需要帮助，您最好直接去找那些机构。明白了吗?”

他们一边把剩下的食物倒入垃圾袋，一边冷漠地说。他们的表情说明，他们没有认真考虑卢勇的饥饿问题。这样啊！卢勇同意，如果可以这样自由地得到食物，也许很多人不用再工作了，也就是那些为了吃饭而工作的人们。劳动的动力消失也会是一件很危险的事。但这种全局性的视角是行政人员或政客们的，对于普通人来说，没有必要考虑那些，那都是多余的担心。但不知为什么，人们即使把大量肉汤倒进下水道，也不愿意自己把它分给别人。为了吃饭，日复一日工作，工作到额头闪着汗珠，但另一方面，又仅仅因为肚子饱了而扔掉食物，如果这两个世界能顺畅连接起来就好了。他觉得，这就好像，如果把社会看成一个整体，那么相当一部分人为了“扔掉”而在疯狂地赚钱。但卢勇无所谓，运气好的话，他也能得到吃的东西，俊熙经常光顾的面包店有时会给卢勇一些卖剩下的奶油面包，另外，过期牛奶可以在超市得到。但用俊熙的话说，卢勇由于太懒惰，混饭吃也不容易。天气好的时候，如果卢勇去大学食堂里转悠，肯定会遇到剩饭的女学生或者从地方上来的水土不服消化不良的学生，他们二话不说就会把剩饭给他。

为了生存挣钱是野蛮的，那是强迫劳动，卢勇并不想要太多东西，仅仅是人们不断扔掉的那些食物而已，那样他就能快乐地生存下去。为什么人们只想扔掉，而不想给他，这让他很难接受。按下电铃，正式地打招呼后，问句“如果您有剩下的或者想扔的食物，能不能分给我点”，那时，什么都不给的人会把他想成危险的神经病，或者有人觉得，从冰箱里拿出剩下的一把面条，或坏了的胡萝卜，或准备扔掉的发霉面包，是件麻烦事。卢勇认为，没有人会因为不扔食物而没有东西给他，而且，大部分人都憎恶不干活只讨饭的卢勇。

为什么要那样呢？我又不会害你们。

肚子饿，所以卢勇还是得到外面去找点吃的。他决定先去俊熙的公司，因为可以走着去那里，而且，慢慢走过去的路上也许还会冒出其他想法。不管肚子有多饿，他也认为，去食品店饱饱地吃完肉和蔬菜后，厚着脸皮说没有钱是很可恶的，如果真的想吃热乎饭，那就应该在吃之前先将事实告诉老板，而且应该有礼貌地请求吃一碗饭。他拒绝劳动（Why not?），而且认为不应该隐瞒这个事实，他承认自己是懒惰的无用之物（Why not?），但他不否定自己，认为自己富于感性，有道德。

俊熙不在座位上。俊熙在房地产公司上班，那里是买卖房产的地方，总有陌生人进进出出，所以他能随意地在俊熙的办公室里左顾右盼。但今天俊熙不在座位上，也不像是暂时离开。他问其他职员，俊熙今天是不是没有上班。他们暧昧地回答说，好像是那样。所有人都很忙碌，没有人愿意跟他多说，所以他有些失望。即使借不到钱，来这里见不到俊熙也是件悲伤的事。他在等候室的椅子上坐下来，那里可以免费喝咖啡。他弄了一杯放了满满的奶油和糖的咖啡，当做早餐，慢慢喝起来。这时人们蜂拥而来，等候室变得像末班车的站台一样混乱，他们展开地图，用充满自信的声音大声喧哗。他看到了和俊熙很要好的一个女职员，每次他来这里都会看到她和俊熙一起聊天。他喝完咖啡，起身朝她走过去，想去问问俊熙今天来了没有，什么时候来，是不是今天就不来了。

"那个，您是谁?"

女职员认识卢勇，但仍然用充满怀疑的眼神看着他问道。

"我比俊熙早出生一年。"

卢勇说完以后，女职员做出一副仍然不知道的表情。

"在同一个家里。"

"那您是俊熙的哥哥?"

"别人都那么说。"

"不可能。"

"什么?"

"俊熙早上听说哥哥去世，所以回去了。您觉得呢?"

"什么?"

"你在说谎吧?说是俊熙哥哥。"

"真的啊。"

"不是说死了吗！她真的还哭了呢！"

"啊，是嘛！"

卢勇做出思考片刻的表情，然后笑了笑。

"那得几天后才能来了！那个，如果你有吃的，什么都行，能分给我一点吗？"

他的肚子里装满了泡咖啡的糖水，嘴里还含着调咖啡用的方糖，像马一样咀嚼着，兜里塞满了刚才从房地产公司女职员那里得到的巧克力糖。阳光温暖得让人心情大好，正如秋天的阳光该有的样子，温柔而炙热。他摇摆着长长的胳膊，慢慢地走着，偶尔停下来，心想，这世界上谁都不会把他当做竞争对手，而他自己也没有必要与任何人竞争，他感到很满足，内心十分平和。

哼，说是死了，那不是我，会是谁死了呢？或者，也许是俊熙想休息而说的谎呢。

路边蒙上了水汽的食品店里，散发着煮肉的味道，人们大汗淋漓地把肉汤往嘴里送，那场景看起来，就像电视里的画面一样。他呆呆地望着店里，连过马路都忘记了。没有必要流着汗还吃那么多啊。他也曾那样把肉满满地塞进嘴里，几乎要把嘴撑爆了。他还记得，喝熬肉汤时，汤水哗啦哗啦地流到嘴边，那之后，伴随而来的是胃肠不适和饱餐之后的痛苦。那时，饭桌上所有人都用憎恶和同情的眼神看着他贪吃的样子，他们声称是他的亲戚，和他一起被招待的人几乎没有吃肉，脸都绿了，俊熙像个没有味觉的人，只嚼着生菜叶。他们就以那样的方式坐着，卢勇吃得多到不能再吃，之后就是当然的顺序——感到恶心、去卫生间。虽然当时人们还在吃饭，但他就那么跑回家了。和世上所有人一样，他们希望他工作，他们想说，不想工作只想吃是种罪恶，卢勇不想听那样的话。（只不过吃点要扔掉的东西，到底有什么问题?）

卢勇回家的时候，在邮箱里发现了一封信，应该不会有人给他写信。他感到干燥的下唇中间啪地裂开，流出微咸的血，有点刺痛。他把信封放到嘴唇上，按了按，染上了一个鲜红的血点。他拆开信封，看了看内容，那算是个讣告。

“应该寄信了，没收到吗?”

后来俊熙问道。

“收到了。”卢勇简短地回答说。

“那为什么没来？虽然没什么关系。”

“没有车费，一分钱都没有。而且吃得太少，感到头晕。”卢勇辩解道。

沉默片刻，他又坦率地补充说：“而且其实也烦，我们完全不认识他嘛，虽然即使认识可能也没什么办法。”

俊熙并不关心卢勇说的话，陷入了思考。

“他说过这样的话。”

“说什么?”卢勇忍着哈欠问道。

“我们，我们三个兄妹出生在一个有十二间房子的家里。”

“嗯？然后呢？”

“那时的事只有他自己记得，他那时六岁，隔了几年，我们出生，所有东西都像梦一样消失了。他说，我们出生后还没有开始记事的时候，所有的富贵荣华就都消失了。”

“富贵荣华？”

“是的。他用了那个单词。”

“你相信吗？”

“不，不信。没有道理会那样嘛！”

“他疯了。我一看就知道了。”

“但，也许是事实呢。”

“那为什么我们什么都不记得？”

“太小了。”

“我记得在保育院里的所有事，在摇篮里的事也记得。不久又从保育院出来，在几个亲戚家辗转，这些都记得，不理解为什么只对他一点都不记得。亲戚家对我们很好，是吧？”

“嗯。他们对我们非常好，给我们穿贵的衣服，每天开车送我们去学校。如果不是足够大的新鲜水果，我碰都不碰。”

“我可以在院子里的篮球场玩一晚上，就是说，我有篮球。他们甚至还让我们去外国旅行。”

“是的。但记得我们绝对不会在一个家里待六个月以上，我们总是像用人一样小心翼翼。还有，我们一直两手空空，举止也真的像贫穷家庭里的孩子一样。”

“现在想想有些奇怪，我们转了太多家亲戚，以至于我们都不能清楚地记得，他们都是我们的亲戚吗？”

“也许不是。”

“那么为什么照顾我们呢？”

“那个，无法知道。”

“还有，那时候，他到底在哪呢？”

“那个也不清楚。”

“你为什么听到他去世哭了呢？”

“我哭了吗？不记得了。”

“我去办公室找你了，那个女职员说的。”

“也许说错了。”

“嗯，也许是。”

“我们那时候不是一起见了大婶们嘛，在星期天日式火锅餐厅里。”

“哦，是啊。”

卢勇暂时陷入回忆中，脑海里浮现出像歌剧院一样宏大华丽得离谱的餐厅，墙壁和天花板都贴着金箔，有专门的服务员接过客人的毛皮大衣挂好，当然，我们没有毛皮大衣之类的东西。装熟肉和蔬菜的碗是真正的瓷器，连女服务员的手指都很优雅。日式庭院里，立着像玩具一样的松树，停车场里还有带司机的车。

“你像猪一样狼吞虎咽地吃完日式火锅里的肉以后，女服务员还没来得及弄，你就自己把汤满满地倒进锅里，煮好后大口喝了下去，还发出声音，然后就去卫生间吐了。”

“那时候啊，我很饿，但不像现在这么习惯饥饿……而且也不习惯吃得太饱……”

“那时你的窘相太可怕，所以他很伤心。”

“对什么？”

“对你本身是贫穷的象征，对你只记得贫穷。”

“那是当然的啊，那有什么错？实际上就很贫穷啊。”

“不是的，他说亲眼见过我们出生后躺在金色的摇篮中。”

“不可能！我躺在保育院散发着腥味的摇篮里，那是我最早的记忆，他只不过是个骗子梦想家。”

“哦，也可能吧。不管那是不是事实，都无法改变现在的我们。”

“你有吃的吗？三明治或苹果。”

“我们为什么变穷了呢？如果他说的是真的。”

“什么啊，又要从头开始说了吗？”

“我只是好奇。”

“你还带有留恋，那种希望他的话是事实的渺茫期待，所以才这样执着。”

“不是那样的，我说的是，虽然我们自己记不得，但如果我们的过去，曾经是富裕人家的孩子的话，那么现在的情况会不会变得不一样呢？啊，但我也不知道为什么会有这样傻瓜似的想法。”

“你变奇怪了，我都不知道该说什么。”

卢勇本来想打个哈欠，结果他在那里张着嘴，呆呆地看着俊熙。又补充说：“就算是那样，如果哪怕能留给咱们一枚一百韩元的硬币，我也不会那么说了。如果在哪偷偷埋了些钱，那还差不多，否则无论如何都是没意义的事。”

“你没理解我的意思，我说的不是钱。”

俊熙嘴唇颤动着。

“我说的是，那个，我们周围抽象的环境。啊，我知道这么说，你什么都理解不了，但怎么才能让你明白呢，就是像心灵层面或者某种高尚的精神类型，你懂那样的单词吗？啊啊啊，（俊熙突然尖叫起来）你用那种眼神看我，真生气了啊！那不说了。你只不过是个穷光蛋，怎么会理解那样的话。”

“是的，对，我是穷光蛋。”

卢勇坦率地承认了。

“而且，饿肚子就跟家常便饭似的，原因就是懒。比起过去的荣华富贵，对于我来说，现在的一碗肉汤更重要。知道吗？就是你们吃剩下扔掉的全是调料渣的汤。”

“真是像渣滓一样的人！你竟然是我的哥哥，无法忍受。”

“可是在遥远的以前，我躺在金黄色的摇篮里，那又有什么不同？如果真是那样，那么即使我是现在这样，你也会爱我吗？那么，那是矛盾的。”

“那，那不清楚，反正你得改变。”

“坦率说，我现在很饿。我想在你家拿点吃的东西走，不用很多，不好也没关系。”

“只有土豆，上次你在市场提回来的土豆，那也行的话就拿走吧。如果下次从市场提回来白菜的话，就会给你蔬菜。”

“谢谢。还有，我带一点盐走吧，光吃煮土豆的话，太干了。”

“如果想要的话，还有蛋黄酱和黄油。”

“哦，那些太奢侈了，我有盐就足够了。另外，希望能拿块洗衣皂，被子里的馊味太大，很刺鼻，睡不好觉，整个夏天都没洗过肯定会那样。当然，如果你允许的话。”

“随便拿吧，还有，现在请你滚开吧。”

有工作的时候，卢勇也不想一周工作两天以上，仅工作那么多，他就可以不担心吃饭的问题了，但比那好上一千倍的当然是一周一天都不工作。（Why not?）他不认为，抽象的环境或心灵（与俊熙的想法不同，卢勇知道那种单词的意义。）来自于过去的出生。那有什么重要的？而且最重要的是，那明显就是假话。卢勇认为，俊熙得病了，那就是妄想症。去世的哥哥感染了俊熙，俊熙仅仅因为自己也许是个特别的存在，已经开始兴奋了，对主体的觉悟就是这么危险。思考的中心如果开始由食物或世界转移到个人，那么，个人就会燃烧起成为宇宙的欲望。所谓个人，从客观上讲，大部分都是贫弱的，因此，为了维持自爱一定需要（我很特别的）妄想！所以文艺复兴以后，世界由一个沉默的修道院突然变成了能说会道的人们涌动着的集市。卢勇认为，现在因为太多的“我”，所有东西都被污染了，世界是第一人称的公害。

“我吧……”

那个女孩也总是以这样的方式说话，那孩子的话用一句话来总结，总是这样的:“我很特别，和其他女孩明显不同。因此就这样想吧，那很特别，因为是我的想法。”

也有一段时期，那样的表达方式被大家认可，所有句子都以“我……”开始，所有书的题目都是“我……”，或者“我的……”，那是唯独女人容易患上的妄想症中的一种，之前他就已经看出了那样的征兆，现在它在俊熙身上也出现了。

我只是，在涂鸦……

10 月 24 日　金智善

卢勇：

真的太寒心，我想，无论你那样的人是死是活，都没有关心的价值，但即使这样，我发现自己还是在给你写信，真是要疯了。在德累斯顿，去看瓦格纳歌剧的时候，透过观剧望远镜看到了男高音歌手的样子，那让我想起了你。他真的很像你，不要误会，我说的不是他长得帅或者有魅力之类的正面意思，他倒是长得还可以，但不是因为这个，而是动作慵懒，缓慢至极，而且为了提高声音，脖子伸得跟公鸡一样，这些让我联想到了你。高傲，是的，毫无力气的高傲。他穿着白色的裤子，但很奇怪，内衣似的白裤子看起来像一个不舒服的、夸张地戏剧性的、不自然事物的集大成。当时我就想，回去得给你写封信。我认为你应该过得不错，当然，对于“过得不错”的含义，你和我之间有着很大的隔阂，至少以你的标准，你一直过得不错。

我回来十天了。你应该还在那个房子住着吧？在你拥有的东西中，我唯一满意的就是那个房子。其实那期间我去找过你几次，都完全是因为对那个房子满意，如果我这么说的话，你会郁闷吧？（虽然你不太会那样）因为你根本不知道或者执意无视细腻敏感的感情，所以有时候跟你说话就像对牛弹琴。（你应该听过这样的俗语吧?）我有时候好奇，你在那个房子里会住到什么时候？据你所说，那不是你的房子，是你堂兄弟，更确切地说，是你堂兄弟的堂兄弟之类的远亲的房子，你只不过借住在那里而已。

其实对你也不是没有歉意。我不爱你，爱情那样的事情我还不太懂。原谅我只能这么说，但你真的是个好朋友，即使你有着现实上的诸多困难，我仍然真心不想失去你这个朋友。当然，我和俊熙也是好朋友，（我对她那死心眼的诚实评价很高）但不是因为你是俊熙的哥哥，你和她是两码事，你有你宝贵的地方，但爱情，有些不同。我觉得你明显还不清楚女人想从男人那里得到什么。如你所知，我有决定结婚的人，但并不是仅仅因此而拒绝了你，我也知道适应现实去生活是多么可贵。你应该也看出来了，我很饥渴。那饥渴全部是我的份儿，是我要肩负的一部分吧。我只是想把你当做一种回忆吗？我也有过这样少女般的想象，也许你不承认，但我们还在校园的时候，虽然无法总结，但常有人把你记作一个帅家伙，就是那些虽然很难靠近你，但还想有一个你这样的朋友的同学们。但我的未婚夫，事实上是个俗人，不要责怪我在背后非难他，因为我对他一直都这样明说。我不像一般女孩那样，只以娇态和男人相处，我不是那种文静的人，（你也知道吧？）但他连我这一点也懂得宽容。如果仅仅因为某人是一个绅士，就能成为让人恶心的道德标本的话，那么，他真是个让人恶心的人。而且他是阶级社会培养出的一个典型，对于他来说，有着他爱的、认为珍贵的特定少数群体的特点，但那又是多么地单纯依靠社会的外在力量啊！当然，也不能说这是他的错，他是多么为我着想啊，以至于我会无缘由地感到内疚，但饥渴将我推向了自己不能完全属于他的预感之中，似乎随时都可能轻易背叛他。我之所以拒绝你，确切地说是因为，为了我冲动的剧本，也许在利用你的真心，我厌倦了那样。所以，卢勇，希望你整理心情理解我。

这只是我的想法，你想过写文章或者有过那样的想法吗？虽然从没想象过你写文章，但我突然觉得，那也许是最适合你的事情。无欲无求、脱俗、有个性、无拘无束的你会做得很不错吧！我前阵子读着你给我寄的信，产生了这样的想法。你不是斗士，不是雅皮士，同时也不是暴露出来的俗人，不是像被放进箱子里定型的人，因为不够勤奋所以也不是理论家或批判家，当然也不是傻瓜。你有着超越普通想象力的地方，如果能写文章的话，你会在自己的内心变得更加自由。如果你愿意，我可以借给你一本关于介绍通过写作最终发现了内在自我的人们的好书。

另外，卢勇，还有一点就是，即使你的态度奇怪，但你仍是我能信赖的极少数人之一。我想对你说这句话。啊啊，这期间进入社会，在多少人、多少事那里感到了厌恶和恶心啊！简直无法一一说明。我希望，如果可能的话，能在国外生活，哪怕很短的时间。当然，那只是我的梦，但我觉得，也许只是一两年的话，未婚夫也能同意呢。其实我有点害怕被赋予广泛的自由，哪怕是临时的，因为我不知道那会如何刺激我的饥渴。你还记得大学时教过我们一段时间的金老师一家吗？你退学以后，他们股票赚了钱，金老师成了某部长的开发政策顾问，之后金老师夫人敏子的父亲当上了国会议员，后来他们变成了什么样子，那笑声有多高……我每次去他们家，都会感觉他们变化快得有些轻率，面目丑陋。如果他们本来就是那类无知或者不自省的人的话，也许我的失望不会那么大。可是，变得不再知性，也不再稳重，这是多么让人恶心，我简直无法向你准确描述！对于我来说，见他们就是酷刑，但他们是我未婚夫的亲戚，无法避免礼节上的接触，那样的关系给人带来的伤痕很深。推翻和杀死暴君容易，但在那种私人的、人性的关系中引发革命却更加困难，这真是一件令人痛苦的事！那些问题只会留下来，成为个人应该解决的身边问题……无法进一步跟你说明，真是遗憾。他们渐渐变得更加放肆，说什么我跟他们的侄子不配。我父母的收入少得可怜，我毕业于公立学校，他们还挑剔这些。现在，他们很浅薄很无礼，用语言无法表达。所谓有钱有权的上流社会的所有……啊，现在继续说下去也很痛苦，即便我如此倾诉不满，最后也得在他们周围的群体里生活、死去。这种难以坚持的心情，能理解吗？

不是装假，有时候我真的想死，但我知道，死是多么幼稚和拙劣，是自我怜悯的合理化，是伤感的、不成熟的决定，我的理性无法容许。你听说过那种由于没有得到这世界上所有的东西而痛苦不已、最终夭折的人吗？别笑，卢勇。最终，所谓自杀就是源自对无法拥有这世界上所有东西的不满，这么说是不是有些过分冷漠？我很清楚我的过去和现在，另外，我对我的未来也没有丝毫怀疑，如果这就是所有不幸的根源，那么错就在于我天生的内心，带着无法理解的过分敏感和二律背反状态的心。我希望快乐，得到尊重和爱，而且一直美丽。对于人人都想得到的东西，为什么我要如此经受痛苦？尽管那些东西基本已经实现。千万不要说，要为了别人生活，或者将生活的目的转到自我以外的事物上等等这样的话，因为那种没有说服力的老套句子很让人恶心。也许我很想堕落，或者很想变得放荡轻浮，或者想受到无法一一说明的羞辱，也许我有着想过那种腐朽生活的欲望，不要惊讶，卢勇。我想，也许那种方式的惨烈抗拒才是能治愈我的唯一途径。是的，我希望自由，我怎么都无法忍受缺乏知性的同时，又要嫌恶知性的自己。很多时候，我都无法忍受那种像加入太多泡沫的咖啡一样、毫无刺激的日复一日。昨晚，我想放火烧掉灯亮到很晚的妈妈的书房，即使我爱着那里所有的一切。

不管怎样，我似乎应该再去旅行一次。

奇怪吧，写着写着突然产生了这样不靠谱的想法。那就是，卢勇，其实你不是爱我，而是因为极度憎恶，超越了一切思考与语言的范畴，是太强烈的憎恶，是一种看不见的、用普遍经验无法说明的、特别的东西。因此，你只能对我用“我爱你”来表达它。

希望你再认真想想我的提议（写文章如何）。

再见，卢勇。祝永远健康！

10月16日，俊熙

卢勇哥：

见你的第二天，我就得了重感冒，公司也都两天没去，同事们来看我了。家里的锅炉出了故障，没有热水，一切都乱七八糟的，但我一动不动躺在那里，想都不愿想。好在朋友们帮了很多忙，现在我也恢复了。这次拿到工资后会给你寄点钱，上次你不是说应该修理下水道了吗？是的，吃的东西，就像你说的，在世界上没有任何问题，但修理下水道不管怎样都得付钱，而且电、水、供暖费等是个问题，我不希望你饿死，所以真的饿的话来我家吃也可以，但要用干活来支付饭钱。我想给厨房门重新刷油漆，还想打扫仓库，什么时候都有你可做的事，所以过来吃饭也可以。

我好像也不会在这家公司做太久了，因为房地产不景气的话，我肯定马上就会成为裁员对象。我唯一的梦想只是，在一个没有失业危险的稳定单位工作，因为做一个失业者，别人就是光看你的样子都会觉得烦。智善从威尼斯寄来了明信片，如果想看的话，可以来家里。还有，我决定从下周开始和公司的一个朋友合住。虽然你不会好奇，但那个人你也认识，她的名字叫敬淑，这是个能大幅减少房租和生活费的机会。她的爸爸失去了工作，想用储蓄的钱修建房子，建成那种能收房租的单身宿舍。因为房屋要扩建，所以急需一处能短住几个月的房子。她也认识你，所以说，你过来玩也没关系，她是个心地善良的人。智善知道我为工作烦恼，问我为什么不拜托舅舅，可那真是说得容易，谁知道他是否真是我们的舅舅，虽然他表面上说得好听，其实绝对不想见我们，这是很明显的。我斩钉截铁地说，跟那样的亲戚托人情，我是深恶痛绝了。还记得吗？那年冬天，我们唯一一次去见哥哥的事。我们在连一块煤都没有的冰冷房间里忍受痛苦的时候，他们邀请我们参加晚宴，给我们吃大餐，说一直担心我们，有困难的话跟他们联系。我们不知道他们的电话号码。一直都只知道秘书的电话号码。他们让我们所有人在一份什么文件上签了名，我们都不知道那份文件到底是什么内容。直到现在，想起那天的晚餐都觉得恶心。他们看到我们的手冻得僵硬，连一分钱都没给，却说有困难随时联系……我们待在他们家的时候，他们也没给我们钱。我记得，他们绝对是一分钱都没给过。虽然他们给我们买高级衣服，我们能吃到大餐，还可以旅行，但没给过我们钱，所以需要零花钱的时候，我就得打工。我觉得，那是他们的一种原则，他们已经事先把我们的角色定位为要钱的骗子了，哪怕开始给一分钱，我们似乎就会认为自己有了要钱的权利，因为那是穷光蛋的天性，他们担心我们会继续纠缠不放，所以从一开始就很警惕。他们能照顾我们，让我们活着，但将他们所拥有的东西分给我们是不可能的。他们已经把我们定型了，所以，没有一家让我们住得过久。现在只要都忘了的话，那也都是些无关紧要的事情，但我有时候会在智善的身上发现亲戚们的那种样子，虽说她总是亲切而稳重，但那就像是一切都事先准备得天衣无缝，所有关心、宽容和爱都有合适的施展领域，并且只在那片领域发挥着有效的、很节制、很模式化的交流，虽然智善和你的关系不是我该干涉的……是的，我还是什么都不说会好一些。智善和你从高中就是朋友，应该比我更了解彼此。智善也许现在已经回去了，她是个很久不旅行就会感觉憋闷、晚上甚至会梦魇的人，所以，如今她在平静生活了一段时间、大概六个月之后，又要打包行李了吧。

再说点别的，我现在不希望智善经常跟我联系，不是因为她使我感觉不舒服，而是我对她有些不适应。在学校的时候，至少表面上看起来，她和我们是一样的。但现在长大成人，失去了受保护的未成年人权利之后，我们和她就很不一样了。至于如何不同，我不解释也可以吧。我知道，倘若仅仅因为现实情况不同而不把她当朋友，那是没有多少合理的说服力的，但即使不合理，也分明是百分之百很实际的问题。我正在努力适应贫穷，我说的贫穷不只是穷困的贫穷，也包括劳动，我只有通过劳动才能证明自己的存在。虽然我们三兄妹在解释突如其来的变故方面都各有不同，但我想回到最根源的地方。对于我们出生在金色摇篮中的说法，你冷笑不信，问现在说那些又有什么用，但现在你正扮演着一个出生在金色摇篮里的人的角色，你应该发现这一点。你贫穷，而且不从事任何劳动，还力图无视那种想要自我尊重的本能，那被解读为是一种不想使自己适应这种悲惨环境的抗拒意志。也许你并不同意、或没有认识到这一点。你通过承担一个超越了所有人想象的极端的穷光蛋角色，从相反的角度证明自己，不想像一般的天生穷光蛋那样生活，就是那些意识到或者想逃避贫穷，或者卑劣地被钱束缚，又或者憎恶金钱的普通穷光蛋们。我们的哥哥也一样，憎恨穷光蛋的身份，即使最终饿死。很不幸，他因为对儿时的事情有记忆，所以无法从记忆中解脱出来。我们不记得那些事了，但你一边无视那些记忆中的传说，一边下意识地朝着极端走去。我担心，也许因为那些记忆，所以我无法忠实于眼下的现实，我为此感到害怕。其实我只拥有一张牌，“劳动”牌，但是，我担心自己会像拥有钻石或皇冠的人那样行动和思考，会变成一副让人起鸡皮疙瘩的德行，我害怕这些。是的，坦率承认的话，我恳切希望那（我们出生在金色的摇篮里）是真的，但我又害怕得出“那一点都不能改变我的现实”的显而易见的结论。所有人都做着与想法相反的行为。

卢勇，我们都无法自由。

我知道，那是过分机械的结论，但无论是我想拒绝和智善来往，还是（我认为，你并不爱智善，我敢说）你对与智善之间的关系还存有迷恋，其实都是一样的。最终，我们只不过是对于一个客观条件做出了自己的反应，如果没有条件，那么，作为我们生活内容的反应也就没有任何意义了。

……虽然他是我只见过一次、现在已经死去的人，而且在死之前，就连他的存在，也感觉很模糊，但我现在还是会想起我们的哥哥。抛开贫富问题，我有时会想念他，如果我们曾一起生活过的话，情况会好些吧？为什么亲戚们在我们成长过程中不让我们见面呢？甚至连他的存在，也是在他死后我们才能明确地知道……你总是表现得好像没有任何想法，也许你到死都会那样。我在说什么呢？即使我知道，说过上千遍也没有任何作用。

还有，这只是我的提议，如果你不愿意，不来也行。我们，我和在石，还有公司的女朋友敬淑决定一起吃晚饭，在我家，十一月第一周的周五晚上。饭由我和敬淑来做，我希望和你一起吃，但你不喜欢在石，所以我也不会强迫。他虽然贫穷，但很善良，我和他在一起心会变得平和。（那不就行了吗？）还有，即使我和他一起生活，即使真是那样，我们也绝对不会有结婚的想法，所以，完全没有费心的必要。

再见！

10月30日，卢勇

（用铅笔写在发到家中的广告纸背面的信）

俊熙：

谢谢你寄钱给我。（帮了我很大忙。你想象不到的大。）但是你为什么给我寄钱呢？说过很多次了，我没钱也能生活。真的。

再见！

又及：我会接受你的晚饭招待。没有理由不那样吧？首先，那是关于吃的事呢，但不要把我想成贪吃的动物，我不吃那么多也行，没有贪吃美食的不知廉耻的欲望。还有，我对在石并没有你想的那么有兴趣，那到底是谁啊？对于你们一起生活与否的问题，我也没兴趣。（绝对不是冷嘲热讽或者嫉妒）如果我可以斗胆说句话，那就是，他只不过是你受虐狂天性的果实，即你为了把自己拉到更加明确的（只是）劳动者的群体中，而把他选为伙伴。一个毕业于夜校高中，说着方言，连门德尔松是什么都不知道的男人，反正我不想平白无故地掺和到你们中间。我知道，在你选择他这件事上，（分明）你对我的反感是起了很大作用的。虽然我想说，那是一个太傻太傻的选择，但是你的选择总是很傻（给我寄钱也是），所以，我觉得没必要再说别的。其实，我很担心你……但是现在，暂时，除了去你家吃饭，我似乎也做不了任何其他事情。

另外，关于智善，我爱她是十年之前的事情，现在当然不是了。只是她还不清楚这一点，偶尔发些内容荒唐的信件而已。那是我们之间的全部。

周五见。

10 月 30 日，卢勇

智善：

纸容易找到，但笔就不太容易了，我正站着，用挂在街道办事处桌子上的笔写信，所以不能写很长，因为这是个让人腰疼的姿势。背面空白的申报表是多么有用啊！把它带回家，可以画画，也能随便写写，还能像你说的那样，写点文章。

你拒绝我，是太理所当然的事了，所以我没有任何埋怨，你现在好像可以不用再想了。但我也觉得有点遗憾，只希望你脱下点衣服，只是希望那样来着，不过如此。但现在，就连说这些，我也觉得很麻烦。

我怀疑你们是不是已经结婚了。（原谅我用了“怀疑”这个词）你们已经订婚八年多了，但你说话还像没结婚一样。如果你已经结婚了，但不愿意告诉我，或者因为考虑到我的感受而不想承认已婚、继续使用“未婚夫”的说法，那么我想告诉你，大可不必。我没有任何问题。

就像你说的，如果我有什么憎恶的东西，那就是智善，你。（我很清楚，这么说不会带给你任何伤害，反而会对你称之为

"饥渴"的精神空白带来活力)理由不说也行吧。我很甜蜜地说……我憎恶你……(想听吧?)但是对不起,就连那样的感情对于我来说,也没有持续太久。另外,虽然我一次都没见过你妈妈,但是我憎恨她,没有什么理由。有件事我挺好奇,你为什么没有放火烧了她的书房?我一直在等着那发生呢。你很清楚自己就是个恶心的双重人格者,是个随处可见多得泛滥的双重人格者,你很希望有人(也许是我)能代替你说出你说不出口的这句宣言吧,如果你想把道德的优越和堕落的快感都享受到,那我可以替你说,在现在这个时代,这再也不是刺激的事,也不是什么秘密。如果你想不失去任何拥有的东西,同时还想成为爱情悲剧的女主人公,那么我也可以那样说,不用为了想让我看出这一点而寄信来。但是,我太懒了,不想给非特定的多数人写文章,我也不认为自己有那个才能。我只是,这样一边写信一边随便写写画画……我觉得,真想写文章的是你!我不是双重人格者,不是难以满足的人,也不是女人,因此没有想要通过写文章之类的方式自慰。

现在,一个女人坐在顾客沙发上怒视着我的脚,她分明对我那双脏脏的赤脚不太满意,她也知道我在随便写些私人的东西,许是以为我是在公共机构的纸上耍乐呢。我现在应该慢慢地把这封信收尾,然后成为一个讲礼貌的市民,跟她郑重地打个招呼再出去。给你写信很开心,见到你也应该是一样的吧。我现在住着我堂兄弟的房子,你可以再来做客。(怎么样?这种十足的翻译腔）在我见都没见过的堂兄弟出现并把我赶走之前，我都可以住在那里，虽然我也不知道，那会是什么时候。如果你在订婚十周年的时候想邀请我参加宴会，那也可以。如果是个不穿正装也可以出席的宴会。

那么，到那时再见吧。

大 提 琴

开门的是个看起来和成道年纪差不多的男人，那双半闭着似的眯缝眼令人印象深刻，头发垂到肩膀，但看起来很整齐。他穿着嫩绿色的夏季 polo 衫和高尔夫球裤，下身看起来有点胖。他没有说话，胳膊靠在墙上。成道觉得他的动作奇妙地既慵懒又优雅。他的声音随后传来。

“什么事？”

声音好听，但依然是缓慢的。

“我是通过金智善小姐约好过来采访的记者，我叫成道，事先给您发了信。您看到了吗？”

“采访……？”

他眼皮更加低垂。成道觉得，他可能还没从睡梦中完全醒来，虽然是下午五点多，但也完全可能。据金智善说，他是个失业者嘛！

“不好意思，您说信？我不记得了。还有，不知道您到底要采访谁？这个房子现在只有我一个人住，我妹妹离开这里出去住也有一年多了，她在房地产公司工作。和我一样，她也是个没什么必要接受采访的人。”他不紧不慢地说着。

他的胳膊虽然又长又细，但腰很笨重，像是懒惰的生活习惯造成的结果，还有出现双下巴的征兆，每当微微动嘴说话的时候，他那看起来又白又软的下巴下面，肉就有规律地颤动着。

“您不是卢勇吗？”

“是的。”

“两个月前，我通过金智善小姐知道了您，然后就决定采访，发了信之后，还是通过金智善小姐，得知您已同意，所以今天按照约好的日期和时间来拜访您。您没有电话，所以我以为，关于今天的约定，金智善小姐已经获得了您的同意。”

“金智善？两个月前的话……嗯，不太清楚啊，好像收到了信什么的，但因为头疼，没有仔细看。但不管怎样，你肯定是来错了。虽然我不知道您怎么认识她的，但金智善，那个女人是个说谎大王。不管关于我，她说了什么，反正采访，真是太可笑了。”

“我……知道您和金智善小姐是高中同学，现在是个失业者，那……不对吗？”成道小心地问道。

“好像是对的。”

“所以想采访您。”

他露出陷入沉思的表情，抬起细长的眼睛，看着成道的头顶，叹了口气问：“您是说，因为我是失业者，所以要采访吗？

莫非您是从福利机构来的?”

“不是的。但您处于失业状态，这也是一个很大的原因。我从金智善小姐那里听说，您并没有不快，不是吗?”成道小心翼翼地问道。因为他也遇到过充满愤怒的反应。

“什么杂志?”

“我……不在杂志社工作，不是因为工作想采访，所有情况都在信中写了，我在做私人的工作，为了某天写成文章，正在收集资料。如果这让您不愉快，或者中间有什么误会，那您不接受我的采访也没关系。所以，不要生气。”

“那就是说，您打算写关于失业者的文章?”

“也不全是。现在很难说出准确的主题，但可以说是关于文化多样性的内容。例如，那种自发的贫穷或不受旧习俗束缚的生活形态。”

“不管您叫它什么……还有，不管关于我金智善都说了些什么，那些都是胡说八道。”

“没关系，也没听说很多，只听说您是个怀才不遇的独特的人。”

“哈!怀才不遇，独特?倒是像她说的。”

“怎么样?虽然不想无理冒犯，但还是想拜托您。时间不会很长。”

“哦，那先进来聊聊天比较好吧。即使不采访。”

成道跟着卢勇进到房间里。经过入口的狭窄过道，出现了四个房门，卢勇打开其中一个，说：“请来这里吧。”那个房间是卧室兼客厅，书桌上放着盛有黑色液体的玻璃杯，床边摆着变脏的厚毛拖鞋，墙上挂着1997年的日历，几年前的东西了啊。床头散落着几本海明威的小说，墙边放着一个看起来很大的大提琴箱子，还有几乎占满整面墙的毯子和随便堆着衣物的沙发等。卢勇将沙发上的衣物推到一边，然后让成道坐下。他自己就坐在了地板上。

“来吧。”卢勇说，“想问我什么？如果谈话开始，也许有的问题能够使我产生想回答的心情呢。反正我是失业者，没什么可做的，无所谓了。但在这之前，先问下，您有吃的吗？”

“没有。”

“啊，我现在太饿了。其实，我正想出去找点吃的呢。”

“那这样如何，出去找个安静的餐厅，边吃边说。虽然我已经吃过午饭了。”

“不，不要那样。”

卢勇摆手阻断了成道的话。

“我没有能力用钱买什么东西吃，我说的没有别的意思，我只是到处吃些别人扔掉的东西，不够的话，晚上就去我妹妹那里。太多的食物被扔掉了，所以可以不去花钱买。”

“我知道被扔掉的食物很多，但是没有获得那些食物的途径吧？即使是被扔掉的食物，那也得没变质而且不脏吧，难道您去翻垃圾桶？”

卢勇没说话，缩起肩，但那在成道看来，就像是在说，“那又怎样”，“谁会在意啊”。卢勇走出房间，去厨房的水龙头接了杯水，咕咚咕咚喝了下去，接着打开客厅的门走了出去，然后，手里提着什么东西回来了。

“看这个，今天运气好得难以置信。”

卢勇给成道看看提在手里的纸袋子，高兴地说。

“刚才因为你来，没有看到，这是还剩下一半的金枪鱼三明治，还有只过期一天的火腿，和新鲜的没有区别嘛。简直无法相信，还有牛奶呢。这样的事，一个月里也就会有一周左右能遇到吧。”

“那是从哪来的？”

“在家门口，看到一个带盖子的箱子了吗？我在地下停车场贴了通知，让大家把食物放在那儿。虽然通知现在掉了，但内容就是拜托大家把虽然过期不新鲜了，但还能吃的食物放到箱子里。变硬的饭，或者削着吃剩下的水果也可以，无论什么，都会感激地接受。通知的内容差不多就是这样，但是，特意到这里放食物的人并不多。现在比开始的时候好多了，但和扔掉的食物相比，送来的也是微不足道的量。可能觉得麻烦吧，也不能怪他们嫌麻烦，我也觉得麻烦呢……但是请看，竟然有一升的牛奶，还没开封呢。怎么样，喝一杯吗？”

卢勇从橱柜拿出两个玻璃杯，倒上了牛奶。

“但是你看，这个牛奶已经过期五天了，喝了真的没有任何问题吗?”

“闻了下味道，没有任何问题。而且，摸上去都觉得冻手指头，应该是有人刚从冰箱里拿出来放到那儿的。不用担心，尝尝就知道了，没有任何问题。怎么样，喝点儿吗?”

成道犹豫了一下，接过牛奶喝了下去。成道那样问不是因为有过敏症或者肠胃虚弱。牛奶太凉，都无暇顾及味道。果真，至少感觉不到变质。

“您运气很好。”

卢勇微笑着打开火腿罐头。

“我这是第一次在家里给客人拿吃的东西，谁都没有过这种待遇，就连我妹妹也是，当然她也不指望。稍等，我用火腿和金枪鱼再做点三明治。”

“这是什么?”

成道指着放在书桌上的玻璃杯问道。

“墨水。”

“您写毛笔字吗?”

“不。昨晚饿得睡不着，就喝了一口。”

“喝了也没事吗?”

“味道不太好，我知道是那样，所以放了点糖。我有方糖。但喝了一口就不想再喝了，所以放弃了。”

卢勇端了一盘三明治来，那是在吃剩下的三明治中间又加了切得厚厚的火腿片做成的。成道推辞说：我已经吃过午饭了。

“那喝牛奶吧。”

卢勇嘴里嚼着三明治对成道说。

“那万一得病怎么办呢？吃那么粗糙不讲究的食物。”

“我算是健康的。”

卢勇在成道面前伸开双臂。

“另外，对于这样的食物，经过很长的时间，已经习惯了，什么事都没有。我妹妹开始也那么想，但现在已经不在乎了。”

“但您为什么要那样呢？”

“什么？”

卢勇急忙咽下三明治反问道。

“那样还不如干脆做点事情，哪怕挣一点点钱，买点吃的东西，那样会更……怎么说呢，更容易更简单吧？”

“您说容易、简单？我认为，这样更简单呢。”

“但如果总要担心挨饿，看起来不怎么简单啊，每天担心粮食其实是件相当麻烦的事吧？”

“但工作的话，不担心吃的东西，却要天天担心其他事情，不是一样吗？您为什么做这样的事呢？看您采访一些不是马上要报道的人，看起来也不是实用主义者。我更好奇这一点。”

“我以后会写书的。”

说这句话的时候，成道突然想起了金智善那张说着话的面孔。“现在，特别是现在，只有处于极度利他立场和纯粹的理念面前的精神才是伟大的”，“写书是证明自己的一个方法。有些人为了存在需要证明自己，恰恰就是那些无欲无求的极端人群，虽然他们自己不承认。我就知道那样的一个人”。

“我为了未来工作，现在的状况无法满足我。”

“为什么想这样超前生活呢?”卢勇问道，听起来不是嘲弄的语气。

“可能因为抑郁吧。”成道过于认真地回答道。

“对不起，您说什么?”

“我说，抑郁。”

“为什么，您现在抑郁吗? 嗯……怎么我成了提问的一方了，我完全没有那样的想法。”

“没关系。我现在因为过去的记忆而抑郁，到死的那天都无法摆脱。”

“那么可以推测，未来您也会抑郁，对吗?”

“是的。”

“为了抑郁的未来，您想向前奔跑，其原因来自于引发抑郁的过去。您的话虽然有些矛盾，但这矛盾可以理解。”

他们沉默片刻，嚼三明治、喝牛奶。成道不知什么时候把牛奶都喝了。

“那个，不好意思，那个大提琴是您的吗?”

成道指着靠在墙边的箱子问道。

“不是。这个房子里面，除了食物，几乎没有属于我的东西了，房子、衣服或植物都一样。金智善没说吗? 我住在亲戚的房子里。我很贫穷，不仅是贫穷，而且是个十足的穷光蛋。”

说话的时候，卢勇既没有夸张地大笑，也没有露出悲惨的表情。他只是慵懒地将身体靠在墙上，伸直腿坐在那里，像个抓跳蚤的山顶洞人一样，手放在交叉着的胳膊下面。真是个很奇怪的人。成道想。每个房间里都摆满了家具、衣物，还有大提琴、一书柜的建筑家画集和照片集，一个被包围在这样的环境里、为了抵抗饥饿而去喝墨水的贫穷的人。

“不想工作吗？”

“为什么工作呢？”卢勇打了个哈欠。

“为了钱、朋友，还有自己的名分。”

“为什么？我一点都不抑郁。”

“但万一您的亲戚让您腾出这个房子的时候，如果您连暂住的地方都没有的话……”

“哎呀，我在这里住了很久，他也许已经忘了我的存在。他不关心吧。而且即使遇到那种情况，肯定也会有其他办法。提前担心？为什么？”

“我提问您回答的时候，我录下音好吗？”

“我没说要接受采访啊。”

卢勇敛容正色起来。

“那么没有工具就这样说的话……”

“那没关系，反正你是来访的客人。”

“这样啊，那我可以提问题吗？”

"嗯，可以。"

卢勇边说边打了个哈欠，爬上床躺了下来。

"这样躺着也可以吧？别担心，我不会睡着的。"

"您看起来很健康，而且听说您受过一定的教育，那这样的生活您不觉得厌烦吗？我说的是与欲望有关的东西，例如，寻找人生的意义或追求名分之类的想法。我很好奇，如果您不觉得厌烦的话，那么，对于您的懒惰，是否有最起码的解释？"

"您为什么对我怀有敌意呢？我没有伤害任何人。"

卢勇将细长的眼皮睁得更加细，用不带感情的声音说道。

"不是敌意，一定要加个界定的话，那就是好奇心。我想画人类的肖像画，那种有一千种表情、一千个人登场的肖像画。您能理解吗？"

"您的事情，我都无所谓。"

卢勇鼻子哼哼着，更深地钻进被子里。

"我觉得您还是采访金智善比较好。或者也许已经采访完了呢！是吗？"

"那个，关于采访对象的所有信息，我都是保密的。绝对不会以实名出现。"

"我很好奇，您到底在采访些什么样的人，甚至找到了像我这样没有一点亮点的穷光蛋凡人。"

成道没有回答，又看了看竖在墙边的大提琴，那东西不停地刺激着成道的好奇心。

“那个，就是大提琴，您拉过吗?”

“我上过音乐学院，虽然是十四年前的事了。”

卢勇的眼睛几乎闭上了，头塞在被子里，在外面完全看不见，只有声音传向成道。

“虽然是大提琴专业，但一个学期都没上就放弃了。绝对不要误会，因为音乐对于我来说，是没有意义的东西，我只是无意中带着负担沉重的大提琴走进了大学的门，然后作为旁听生在社会福利系学习了六个月。当时的生活费，哈哈，我低价卖了大提琴。在那里我又遇见了高中同学金智善，但六个月以后，那种生活也让我觉得厌烦，对毕业也没什么兴趣。所以，我可能也拉过大提琴。时间太久记不清了，但那个我从来没碰过。那不是我的，可能是和我一起上过大提琴课的堂兄弟的。”

“然后做什么了?”

“什么?”

“就是，放弃上大学以后，您做了些什么?”

卢勇陷入沉默。他的沉默在意料之外，成道觉得，他是不是已经睡着了。

“结束服兵役，然后完全成为穷光蛋的那两三年，记不清做了什么事。最后的那段时间好像是在医院度过的，那时候妹妹来找过我。我们见面了，一开始她供养我，但随着时间推移，她也觉得累，而且我也感觉到了她厌烦的神色，所以就决定分开住了。不要误会。她对于不想找工作的我，有些不知所措。她搬出去不是因为钱，我跟她说完全不用在意我，她也不听。我真的无所谓，但我的存在本身让她觉得很痛苦。她离开家的时候，是希望以后就当没我这个人吧，但不到一个星期，她就因为担心又来了，还带了吃的。这里有房间，如果她回来住，对她也好，但她不愿意。现在她跟男人住在一起，看来以后我也不会有跟她同住的可能了。这就是全部。在我的人生中，除了妹妹，别无其他了。”

“能再说点吗？关于记不清的那个时期……”

“像说的那样，就是记不清了。”

“生病了吗？”

“这个……大家都那么说。”

“现在怎么样了？”

“就像您看到的那样，什么事都没有了，很健康。在那之前和之后，我一次病都没有生过。”

卢勇在床上蠕动了几下，更深地钻了进去。为了听清埋在被子里的声音，成道更加靠向床边，侧耳倾听。

“那个，卢勇，您对妹妹也感觉不到责任感之类的吗？有没有考虑过妹妹离家的理由？”

“她哭着离开的。”

“这样啊。”

“但一周后就又来了，一切如常，反正那个年纪的姑娘都梦想自己独立生活，即使会有短暂的贫穷，那也很好啊！我不想成为一个总是碍手碍脚的哥哥，我没要过钱，她要是不愿意，我就不出现在她面前。卫生间也是，她在家的时候，我都不去，很多时候都尽可能不出现在她的视线里，也很希望像只虫子一样，成为一个渺小的存在。对于那个年纪的姑娘来说，妹妹肯定是个姑娘，一个在家里乱滚的上年纪的神经质无业哥哥，没有比那更严重的负担了吧。为了让她心情好，我给她读书，或者擦鞋，也不装作肚子饿。她给我的东西，就连没熟的土豆皮我也吃得很香，但她还是无法忍受我，仅仅是同住在一个房子里就会让她发疯。不，她很讨厌这个房子。”

“您想过吗？为什么妹妹那么无法忍受。您失业的状态、故意的无意识化、极度的消极，会不会是因为这些呢？妹妹是不是希望您改变呢？您不这么想吗？”

“确切地说，不是。她讨厌我的贫穷。”

“那听起来是一样的啊。那么，妹妹想要的是钱或者富裕的状态？还是希望您能像普通人一样，带着最起码的勤恳去生活呢？”

“不是那样的，不知您是否能理解。她说，我的贫穷是没有意义的，而且她认为，我就是贫穷本身。她知道我无法改变，我就是贫穷，除此之外什么都不是，她应该是讨厌这一点吧。”

“其实，虽然我不想追根问底，但卢勇，我听说您曾在富裕的环境中接受教育。金智善和那些朋友聚在一起的时候，我也曾在场，他们都那么说。您绝对不贫穷，但自己在模仿极端的贫穷，那是绝对无法原谅的傲慢。也有人这么说。”

“竟然说富裕的环境？这太搞笑了。我出生在保育院，也就是垃圾阶层。”

卢勇从被子里伸出头，看着成道。眼睛眯缝着，咧着嘴，慵懒地微笑着，看起来好像挺高兴似的。

“但大家都不那么想，他们只知道学生时候的我。虽然现在无法说明，但情况是不同的，而且不同得可怕。我没有必要一一说明吧？现在说那些没有意义、没有印象的事简直太麻烦了，而且最重要的是，对我来说，那些改变完全无所谓，现在我心情不错。那种积极的生活完全不适合我，让我很疲惫。我不理解，为什么不静静地放下它呢？我靠人们放在门前箱子里的过期食品就能活下去，这肯定不是最好的活法儿，但重点是，我不奢求任何更多的东西，我只希望有享受贫穷的权利。”

“卢勇，您，您说权利，但从某种观点上看，这种程度的懒惰是疾病和犯罪。您想过您的选择所造成的影响吗？您的人生应该活得更好，这也是一种义务，虽然你也许已经知道这些。”成道不自觉地说道。

他从来没有在采访中将自己的意见这样说出来过，成道惊讶的是，原来自己有着这样鲜明的见解，以前并不知道这个事实。不，与其说那是见解，不如说更接近于一种单纯的反应，他甚至感到有些羞愧。在很长一段时间里，对于成道来说，贫穷使他自卑。成道认为，那说明他属于一般的贫穷群体，即下层阶级，那指的不仅是经济窘迫，而且超越了那种含义，决定着处于成长期的文化身份。现在，成道面前的这个将身体藏起来、看不见形体、像蚕茧一样蜷缩起来的男人，刺激到了成道的自卑感。可是，因为自卑，成道竟然想成为自己曾攻击过的功利主义者了？成道想，幸亏卢勇现在钻进被子里看不到自己，因为他瞬间感到自己的脸变红了。在羞耻之后，成道感到的是痛苦，他变得苍白无力。卢勇没有任何回答。这时门铃响了。两个人一动不动，在房间里屏住呼吸，无视门铃声。门铃反复响了两三次，然后恢复了寂静。

“为什么不开门？一般都这样吗？”

成道更加靠近卢勇，像窃窃私语一样小声问道。

“是俊熙。我妹妹。”

被子中传出卢勇的声音。

“嗯，那为什么……？”

“她认为，我也许会自杀，或者饿死。不过，这也没什么区别。所以她会偶尔过来，确认我还活着，然后什么都不说，关上门走人。”

“您也许会自杀……我完全没有这样觉得。”

“她总是想错。其实因为不久前，有一个家人饿死了，几乎和自杀没什么不同吧，所以她有些恐惧，但恐惧和期待到底有什么区别呢？”

“一个家人？”

“她的哥哥。”

“那是您的兄弟了?”

“是的。”

“可是……您为什么不从被子里出来呢?”

“如果不去感觉味道，就可以将对欲望的意志最小化，这样能够活下去。这是生存的一个方法吧，不太难。对不起，我不想再说了，听起来也许有点像蹩脚的教义。您出去的时候，把门带上就行了，不用锁。没能接受采访很遗憾，从一开始我就没有那种能说得像回事的才能。”

但成道等了一会儿，一直到房间慢慢变暗的时候。陷入被子中的卢勇连呼吸声都没有发出过。经过大提琴旁边，成道感到轻微的眩晕，大提琴代表着某种象征，如果他是卢勇，那么早已经将其毁掉，或者变卖，然后逃之夭夭了。为了不发出声音，成道小心地关上门。

预备序言——悲伤的贫困社会

关于贫困的问题，更正确、通俗地说，我之所以对不平等的（但以这样的方式，通过已经造好的单词，毫无批判地、老套地表达出来，这本身就清楚地显示出对这个问题的思考是墨守成规的，评价是不恰当的）财富分配问题感兴趣，直接原因就是我自己贫穷的成长环境，我不想否认这一点。我成长在一个父母初中毕业的普通市民阶层家庭中，当然，虽然贫穷，但也不至于吃不上杂粮饭。但与此同时，多余的钱也绝对没有。这就像要照顾弟弟妹妹们一样，是日常生活中很自然的事情。父母为了满足我和弟弟妹妹们的吃穿需求，为了准备最低限度的住宅，虽然不是总能成功，但仍然付出了超过普通量的劳动。为了那些，我的父母所经受的困苦，我无法全部知道，只能猜想，但至少在上世纪七十年代，即使在城市里，普通市民艰苦地窘迫度日也没有什么特别。小企业的频繁破产与人员解雇、严重不足的住宅、小贩们沉重的租金负担、公务员大大小小的腐败，还有，由于流入城市的非熟练劳动者持续增加，纯劳务的薪水和医疗保障制度变得少得可怜且不定期发放……这些环节的不健全使普通市民的生活充满了不安全感。在那中间，整体生活的平均水平当然是提高了的，但无数仍然抓不住机会的人们，因破产、疾病或失业而经历了没落的人们，由于个人过失而被排挤出正常生活的人们，出生在赤贫家庭仍要作为赤贫阶层度过一生的人们，更关键的是，还有老人和孤儿、长期患病或精神病患者……这些处在贫困领域的人们依旧存在。贫困是鲜明而广泛的社会现象，但也因标准和评价的多样性和可变性，有着很难界定的一面。能调动人们情绪的新闻报道上的贫困事例，被用作慈善团体的募捐工具。我开始准备这篇文章的契机也是如此。当时我在打工，在各种杂志上写些匿名的文章，有机构请我将采访低收入阶层小孩和老人的文章写成报告文学。总而言之，他们的计划是，成立一个以上层人士捐赠为基础的、超越宗派的慈善团体，它会像绿色和平组织、耶稣会或共济会一样有名，也因此会持有定期捐赠的富人名单，捐赠者本人及其家族可以获得没有宗教和政治目的的纯粹的道德名誉。为了实现这样的计划，他们打算首先出版一本名为“为研究和解决贫困问题的持续性尝试与展望（暂定名）”的论文集，而另外撰写的报告文学实际上是为了打动那些无法被论文集直接感动的人们。他们要求，采访不仅仅是为了收集煽情的资料，还要通过它提出贯通韩国近代史贫困现象的一般原因、未能解决的贫困循环圈、仍然在继续的贫困世袭问题，还有，那些无论愿意与否都要一直与贫困共存的市民们，关于应对他们生活的道德性的信念，以及回答一个问题，即贫困在当前是绝对性的穷窘还是显露了分配矛盾的结果。总而言之，我当时应该拒绝这个要求。也就是说，无论那是个多么具有善意的计划，最终都肯定会成为反对者利用的资料。那个提议打动我的，绝不是金钱的补偿，而是我的功名心发生了作用。那样的文章和我平时想要的东西惊人地相似，不可否认，那时我觉得，自己就像一个在战场上独自举着旗帜的少年尖兵，在硝烟中前进。而且，由于我决心有机会一定要出版，还写好了篇幅相当长的、关于对贫困有着热情视角的几个被采访人的采访稿，尽管他们是无名的。这些应该可以附加上去，或者至少可以作为参考资料。采访囊括了从个人史开始，到最近关于贫困政策等方面，十分丰富。个人史不就是反映了社会史吗？当时我正幼稚地热衷于模仿着不熟练的地质学者，想通过观察地表来解读出地球与文明的历史。不管怎样，他们接受了我提出的两个条件，让我感到惊讶，因为对他们来说，找个我这种程度的作家完全不是件难事。但是，我要求修改协议内容中的两个条项，一天后他们同意了。第一个是关于采访对象，即被采访人，应该事先让他们知道本采访的目的和文章将被用于怎样的意图。我不愿意使用这个方式，虽然他们坚持表示，那是被采访人的权利，但我说，在目的暴露出来的状态下，采访很可能会不自然，会对得到原汁原味的声音带来妨碍，也就是说，被采访人会因此不知不觉地受到影响，这是我的想法。被采访人绝对不会实名标记，他的家人和周围人也都一样，对于可能造成暴露实名危险的事件或细节也都不会提出。我可以说是为了写硕士论文等个人原因在采访个别百姓，还有，我主张支付给他们一点采访费。第二个是不要将采访范围局限于低收入层的老人或孤儿，应该将其拓宽为更加丰富的群体，也就是说，拓宽到那些对于贫困，能够提供丰富波谱的多种阶层的人们，目前贫困的人们固然是采访的对象，但过去有过贫困经验的人，哪怕稀罕地只经历过一次贫困的人，对于贫困漠不关心的人，把贫困当作一种性格的人，还有解释贫困的多种多样的视角，也都是采访目标。他们欣然同意了我的第二个想法。在签订协议期间，我与那个组织中担任类似协调者的一个比较年轻的官员就贫困问题进行了几天的对话。我想把这作为本书的第一个采访，当然我没有告诉那个叫做“韩”的官员，那是在我决定工作中要一直彻底保守秘密之后的事，甚至对当时已经认真考虑结婚的珍珠也没有说。虽然让珍珠知道也不会妨碍我的工作，但这件事是我想对自己做的，纯粹只是我的事情。我想，等到把这些采访消息收集起来之后，写一部取名为“悲伤的贫困社会”的书，那样的憧憬渐渐鼓舞着我。不知不觉间，我还见到了和贫困没有直接关联的人们，例如，仅因为他们有着独特的职业或经历。我对他们说，我是向他们采访大城市独特生活方式的作家。我认为那绝对不是假话。提供给我的时间是四个月，但我还要上班，时间绝对不够，我只能在工作之外的时候采访，然后周末写稿。最难的事情是选择和接近被采访人，即素材来源。虽然像一开始的报道企划者所说，先直接表明写书的意图，再进入会比较容易，但我没有改变我的方法，而且我相信，选择谁作为被采访人，除了具有作为这本书的单纯的资料价值以外，还可以被赋予文学价值，所以我想严密地检验被采访人是否够格。“韩”官员虽然一次都没有经历过贫穷，但他沉重地认为，贫穷是自己一生都要从政策上调控的课题，我整理完和他的对话内容后，选择的下一个对象是未婚妻珍珠。虽然也是因为她最容易接近，但更重要的是，她对于“悲伤的贫困社会”这个主题是无可挑剔、具有感染力的被采访人。她具有平均水平之上的教养，受过现代教育，但她形成今天的人格类型，其本源大部分还是贫穷本身。我一一记录了她的成长过程，甚至对她为了美化自己或家人暗自制造出的谎话，也做出了标记说明。接近被采访人，经历了艰难的过程，当然也经常被拒绝。一天、两天都在对话，或者只是听他人讲述。我开始慢慢地给自己插上了翅膀，不想文章只成为单纯的慈善工具。这样的想法主要源自约定后的四个月的一件事，“韩”官员和他组织里的富人们看到已完成一半的稿子之后，认为稿子中的很多部分与他们的宗旨相去甚远，是没有必要的陈述，因此要求略去。而且，他们无法理解，这比我同时进行着的经济学小论文做得更慢，至少“韩”官员看出来，我以某种程度上的虚荣心在过度地进行着“文学性”的工作，他表示出对工作拖延的担忧。我对他说：“韩，坦率地说，通过这些采访，我了解到‘贫困’绝对不会结束，您觉得我真的能够结束这个稿子吗？您觉得那有意义吗？”那时“韩”的回答是，自己财团的目的不是终结贫困，无尽的贫困是无尽慈善的必需品。他说，我写书的目的是向大众强烈地突出贫困问题。“您的文化批评视角，我个人很感兴趣，但和我们财团的当前目标不完全相符。”他的视角虽然普通，但是正确。其实，我那时已经想放弃这份工作了，但没能那样做，因为当时要结婚，不得不花掉了钱，无法退还定金，而且，即使退了定金，也没办法向他们补偿那期间的时间损失。虽然我的稿子最终缩减了很多，但在其基础上，书终于得以出版，而且据我所知，名誉慈善财团也找到了，但是在这之外，我还另外继续进行着采访。现在，把这件事真正看成是我的事也没有任何障碍了。我看起来就像是被存在着的所有种类的贫困渐渐引向更深的洞穴、被贫困迷住了一样。本来，我最初的想法是写人们的肖像画、人类的白皮书，但遗憾的是，我继续采访后感觉到的是，人类是一种依靠贫困的存在。当然也不排除这样一种可能，即是我自己希望以那样的方式看待人类，我将贫穷看做一切的起点，同时也是一切事物的结束，对此我并不怀疑。贫困可以从大的方面分为穷困问题和分配问题两类，为了满足全体人类的所有欲望，物质一直处于短缺状态，而根据时代的规则分配这种物质的过程和结果，带来的矛盾就是贫困。当然，时代的规则包括权力的横暴、历史的情况、资本家的计谋、或者无政府状态的暴力，还有在大部分情况下、很好地体系化了的剥削结构。还有一些因为被骗而贫穷的人们，因不合理投资而破产的人们，因嗜酒和赌博而丢掉财产的人们，没有劳动意志或意向的人们，还有与其相反的、一生都只在工作但财产一分钱都没有、现在衰老生病的人们，以及那些主张说因为荒唐的金融体系而破产的人们。他们最害怕的不是饿肚子，而是对他们的孩子在现在这个社会中不再拥有机会而感到恐惧。我还见到了在很短的时间里，经历了较大落差的没落者，虽然这种情况并不多。贫困会诱发文化的孤立，所以，因没落无法维持自己之前生活水准的人们，比世袭的贫困阶层更加绝望，自然，也有与其相反的情况。几年之间，执着于贫困问题、观察贫困，结果产生了这样的疑问，即所谓的“共同体”，真的存在吗？即民族或国家。看起来，共同体得以维持的原因只有一个，就是外部的威胁。因为其他理由不足以唤醒共同体的自我认同意识。按照“韩”官员的说法，为了实现共同体的一体化理念，贫困的问题不应该具有超越共同体的性质。在那期间，我还看到了普通市民们经常怀有的对世俗富人的轻蔑和憎恶，以及被灌输的、故意接受或者盲目吸纳的各类偏见。还有，这个叫做贫困的虫子，具有难以置信的坚韧生命力，看待它的视角很多，非难或轻蔑，同情或（对于贫困的对象不是自己的）淡然，而实际上，大多是对它的憎恶，虽然这是能想象到的，但人们即使对待社会上存在的贫困比较宽容和理性，对贫困的具体主体却完全不是那样，谁都不愿意与贫困阶层的人建立私人来往。因此，如今承认自己的贫穷是一件需要勇气的事。传统的观点认为，分配只是属于是否正义的问题，即从根源上是公平的问题，这样的见解是占压倒性多数的。他们认为，依据权力形成的分配，没有一次是完全正义的，其原因就在于权力本身具有的毒素，但如果权力完全不存在，那么到底谁来建立分配的秩序呢？谁都知道，看起来不具人格的市场无法正确行使那样的功能。很多将贫困保留为个人历史的人都想隐藏它，越是致命的，越会那么做，他们用轻松掠过的语气说，我一次都没经历过贫穷。从正面否定贫穷的那类人，对于成长期经历的贫困的反应与性爱的约束性也有着一定的关系。男性荷尔蒙将它接受为抱怨或愤怒，女性荷尔蒙则会因此感到羞耻。他们对贫困的否定视角非常顽固不懈，看起来好像绝对不能接受贫穷是个阶级问题。于是，在十几岁的时候经历过贫穷的敏感的人，会因其反作用而成为极其反政治的、理想化的人物，那样的人，对不受环境影响的卓越天赋才能或艺术灵感给予很高的评价，而对政治的勾心斗角表示出憎恶和无视，而且，他们将贫穷与阶层理所当然地看成是遗传的结果，即，没有做高附加价值工作的能力而且意志力薄弱的人，当然无法过得“富有”。我绝对不是为了导出一般性结论而去准备这个文章的，而且，我小心地不让被采访人各自的经历以及针对他们的个人评价介入进来，不希望像急需研究成果的学者那样，先做出体系再包装成看似像样的新学说。但问题出现在其他地方，时间越久，而且工作越深入，我就越陷入自己构想的主题和方法之中。我专注于资料本身，认为仅仅做好过程就足够了，对于自己在做这项工作的事实感到兴奋。举一个例子，我绝对不想完全结束这项工作，虽然对于自己所具有的浪漫英雄主义有过好几次绝望，但这一次，还是被其捆住了手脚。我就这样，生疏地模仿着艺术家。

生活了三十多年，我也研究了自己。据我所知，我不是个艺术家，虽然也有天分的因素，但更关键的是，到目前为止，我一生中很重要的成长期是在贫困的环境中度过的。当然，只要我下定决心，是能够以这种方式继续作为艺术劳动者生活下去的。我还曾经因为作文和美术成绩优秀，在学校得过奖。我写文章、选择词汇、润色句子，努力使用自己的语言来表达，而不是套用似曾相识的章句或见解。即使如此，我也不是艺术家。那绝对不是没有取得很大成功的意思，我写东西的时候，还有文章被发表出来的时候，总想着我是在某个范畴里书写答案。我暗自寻找着符合通用标准，同时看起来又很醒目的答案，我无法创造出非通用的，即不是从别处学来，而是我自己创造出的标准，而且，我也不敢奢望。我无法超越现世的束缚，因为那不是别人、而是我自己的事，所以可以如此清楚地看到这一点。但并不是因为这样，我就有了成为艺术家的欲望，我只是了解而已。我不是艺术家，无法摆脱贫困的记忆，我对于艺术行为的模仿都只是对于那种记忆的直接或间接的反应。最终，对环境影响的结果，无论包装成怎样堂皇的句子，或者装出纨绔子弟的姿势，都无法从被动的领域中解脱出来。我自己认为的意识层面的东西，无论是自卑感、受害者心态，还是装腔作势，都扎根于我人格的贫穷之中，那是我的局限。在我的家中，在所知的范围内，没有人从事脑力工作。父亲有兄弟五名，但没有人学习过初中以上的知识。关于这一点，珍珠的情况也没有什么不同，所以也可以说，这是上一代人具有的共性。他们经常没有固定工作，沉迷于酒精或不负责任的赌博，以及处于频繁的失业状态，直到上了年纪也没有积攒下什么财产。还有一个叔叔，酒后在路边睡着了，结果出交通事故死了。在他们之中，我父亲较为勤劳踏实地劳动着，但直到退休也没有摆脱按天付酬的临时工作。我有一个哥哥，三个妹妹，但只有我完整地读完了大学。后来听说，我父亲劳动的最大目标就是，让我们不受冻不挨饿，所以在我们小的时候，买教科书以外的书籍，或校服以外的衣服，或者吃肉，都是很罕有的事。当时并没有感觉到有多么悲惨，因为周围的孩子大多都处于相似的环境，即使有差别也不是很大。而且，学校里还有很多没有父亲、需要自己赚钱的孩子、因为交不起学费而挨打的孩子、放弃所有走上犯罪道路的孩子，跟他们比，我反而属于幸福的。真正受到刺激是在进入大学以后，我的土壤是荒芜的、是通过主观或客观都无法克服的。认识到这一点，是在大学毕业的那个学期，在开始工作的地方以打工的形式写一些文章的时候。而我想将这些保留为私人秘密，是在遇见珍珠之后，当然，珍珠无法知道我的这种想法，而且大部分都误会了。之所以和珍珠结婚让我犹豫了那么久，是因为对于组建家庭、被纳入表面上的共同体，我有些反感，而且也许会生孩子，这让我很恐惧。这也与我与众不同的人生见解和决定一样，是因为贫穷。我看到我的堂兄弟们大多数原样继承了重复的贫穷，其中找到了最稳定职业的例子，是成为公务员的堂兄弟和中学老师的堂兄弟，但他们除了有份文职以外，并没有什么改变，他们背负着从父母那里传下来的债，有供养父母的义务，还要结婚生子。当然，不能说他们现在处于贫困状态，但坦率地讲，我不认为他们过着多么了不起的生活，值得不断重复继续下去。我的情况和他们也没什么不同。我对珍珠说，我不想使贫穷遗传下去。那没什么大错，我对仅一瞬间就可以凄惨倒塌的岌岌可危的普通市民阶层生活太了解了，只因一次错误的金融事故、一次疾病、一次失业等，瞬间他们的账户就没有了余款，债务不断增加。他们的家庭被破坏，孩子们被放置一旁，爱情降温，再也无法奢求更多的教育或文化的荫泽。在那里，站着我、珍珠和我们的所有家人，每天都在祈祷千万不要发生任何事故，但我认为，我的家族中只有职工、匠人、奴仆、推销员和店员，没有必要继续下去，甚至不顾珍珠的牺牲。虽然约好了不生孩子，但珍珠明显不是真心同意这个想法。尽管是夫妻，我还是对珍珠隐瞒了很多，并从根本上不完全相信她。我虽然爱她，但现在还不清楚爱是怎样的东西，而且也无法约定永远，就算现在，爱也不是绝对的、强烈的。虽然我跟珍珠这样说了，但珍珠还是决定结婚，她的这种单方面的坚决使我产生了疑心。我们的关系是歪曲的，政治婚姻不是只发生在有权有势的人中间，冷静想想会觉得，非政治婚姻真的存在吗？我觉得，只同居和按照珍珠的固执坚持而结婚，在现实上没有什么不同之处，珍珠也知道这一点，但她还是想结婚。珍珠说，不想留下诀别的余地。我认为，珍珠之所以执着于我，或者是执着于我所代表的出身普通市民阶层的贫穷奖学金学生，是因为她想将此作为自己不介意贫穷、没有受到贫穷影响的证据，这是她这种欲望的表现。她通过刻意无视世间女子都憧憬找到一个富有老公这一点，来否定自己经受过致命的贫穷。虽然总是装作很超脱，但贫穷对于她来说，是个巨大的耻辱。她用非常的方法，向我展示了通过良好教育摆脱贫困的某种年轻阶层的形象，在这一点上，她是个很好的例子。

如果说，因为经济上的穷窘而无法维系人类正常生活就是贫困的话，那么，虽然根据不同的见解其内容会有相当大的不同，但我采访的许多人，都是从那种困境中解脱出来的，所以我的文章也许不可避免地会受到过分扩大贫困主题的非难。但是，在我采访期间，贫困戴着很多面具，它们躲在被采访人的背后，透过肩膀看着我露出微笑。我预感自己可能无法完成这本书了，贫困在主动扩大它的范围，渐渐借用贫困之外的其他名义，或者戴着颓废的面具，不断变化着模样。这让我感到，追在它的后面，有些力不从心。我觉得自己彻底被贫困占领，正在成为它的俘虏，由穷窘引起的各种不自然，现在成了亲近而普通的东西。我承认，这可能是极端、歪曲的视角。这本书即使不能完成，我也要感谢在初期给予我很多刺激的“韩”官员，虽然他与我思考的方向很不一致。他与我相反，是自上而下地把握贫困，即是通过统计数值、政策资料、法案和预算分配等来进行考量。对于他来说，公正是珍贵的。公正的分配，即使不能绝对完成，也是一项任务。他在所有官僚制度的体系中不知疲倦地推进这件事，当然，对他来说，贫困首先指的是共同体的贫困，富强首先意味着共同体的富强，这一点与我是不同的。他从十二岁起就开始就关注贫困问题，并相信只有通过政治手段才能够解决，于是成为了官员。可以说，他是我见到的人中最为专门利人的人，他故意将自己的四个孩子放到公立学校中接受教育，他的孩子们与酗酒者的孩子，以及离家妈妈扔下的孩子一起长大，和他们穿一样的衣服，吃一样的食物。我见过他的大孩子，我将我的文章献给“韩”官员和他的大孩子。

只是惨遭践踏的人类

吉奥尔陈述说，他为了人类的尊严成为了共产主义者。除了他身边的几个革命家同志以外，其对象——群众，却看起来无论如何也不具有应该受到保护的尊严，只是一群破衣烂衫的人。在那群人上面，单纯为了欲望在运转的战略家们穿着燕尾服，焦急地解读着市场的流向。到底什么是人的尊严？吉奥尔只是个梦想家。所谓为理念牺牲，也应将其理解为一种解救人类的方法。但无论在怎样的体制或环境下，垃圾都仍然是垃圾，蝼蛄绝对不会变成天鹅，所以，对于肮脏种族的憎恶和为了崇高理想献身总是矛盾的。总而言之，引领变化的一直都只是政治计谋。即使这样，陈仍将身体投向炮弹，这个丢下所有、将肉身放飞到痛苦之中的恐怖主义者，因为要和死亡同居而自豪得身体颤抖。就像那样，这种不仅仅是针对内心的革命，对人类来说到底是什么？依靠什么来证明它是伟大的呢？献出生命的所有，最终都只不过是模糊的，这也许能证明，人类永远只能属于人间。

读过《人类的命运》后，他这样记录道。这是他十六岁，也就是几乎四十年前的事了。直到那个时候，他还是在商业学校接受战后教育的那代学生中唯一一个能够阅读翻译日文书籍的人。他又拿出很久之前的笔记看，在“总而言之，引领变化的一直都只是政治计谋。……献出生命的所有对象，最终都只不过是模糊的，这也许能证明，人类永远只能属于人间”下面，划了线。那些句子轻率的幼稚感让他感到羞愧，但现在也不想再做特别修改，如果他现在再写相关的文字，也许会对结论有所保留，至少肯定不会为了急躁地逞能而站出来。这意味着，他对聚集在“尊严”这个神圣名词之下的每个人类个体的肮脏、令人作呕的倾向变得宽容，也说明，他已抛弃激进，对这样的问题，不去在意，或者不会真正地接受了。

“即使如此，也是理所当然的。”他想。

“十六岁的时候，我想当一名刑警。那个想法很坚决，做梦都很难想象自己会成为其他的样子。和现在比起来，时间带来的变化不仅仅是物理性的，还有个人所处的世界本身的形质变化，因此，对过去感到羞愧或者悔恨的，都只不过是那些不能理解这个道理的人。”

他独自笑了，喉咙里发出带痰的声音。他是个慢性支气管炎患者，表面看上去像超过六十岁了，持续的咳嗽加重了干瘦身体的负担。他不仅放弃了对刑警生活的期待，很久以前也放弃了宗教。在很长一段时间的生活里，世界、尊严这样的单词完全没有出现在嘴边。他透过厨房的帘子缝隙，看了一眼。他的侄子一周来看他一次，现在已经过了该来的时间。他没结过婚，所以没有直系亲属。这一点他的爸爸也一样，他被登记为私生儿，作为舅舅的孩子长大。舅舅在阴沉的街角经营一家小当铺，为人吝啬、扭曲，到死的那一刻也不想给自己的孩子们一分钱，更别说给他了。由于谁都没有明确地跟他说过，所以他对父亲的情况只是隐约知道一些。他的爸爸不是正房的子嗣，曾经在朝鲜战争期间作为士兵参战，后来死了。因此对他来说，跟没有父亲是一样的。他从小就被严肃的祭仪、神秘的仪式气氛所吸引，沉醉于罗马天主教。他知道，自己像罗锅一样扭曲的肉体反而给人们带来了强烈的影响，他也知道，其影响与神秘的宗教形象结合的时候，效果会变得极大化。十六岁的时候，他怀着深深的信仰之心，用朦胧的眼神看着蜡烛，发誓去过一种归隐避世和服从于神的生活。那也许是在现实的条件下，他能做得最好的事情了。很意外，他本来在舅舅的当铺里做店员，后来他需要自己来经营它。这种情况一发生，他就转变了态度，很好地适应了。从舅舅活着的时候起，他就做了表兄弟们都不愿意做的当铺店员，逐渐还了债，处理好了和舅舅的孩子们之间的债务问题，并且制作了只有他自己能理解的账簿来管理当铺。在需要专业眼光的事情上，都自己出面解决，这样一来，他真的成为了经营和占有当铺的人。他一生都生活在商店附带的一个狭窄憋闷的房间里，不买不需要的东西，不做赃物或未成年人等需要与警察打交道的生意。

“我不贪心。对一整天都在工作不发牢骚，也不想上大学，或者与漂亮的女人结婚，或者生一堆孩子。我得到了属于我的那份，所以绝对不会去碰别人的盘子。”

他摆摆手，赶走了问些奇怪问题的年轻人们。他的表兄弟们跟他不同，他们将吝啬爸爸一生积攒下来的钱一下子花光，经常跑来跟他借钱。就这样小心翼翼地，他将当铺变为了自己的财产。他一辈子都在锅边煮饭，亲自择生菜。退休后，每当蓦然陷入沉思，他也会有些伤感。

“如果我有其他选择余地，如果我有机会不做当铺的店员，而从事其他工作，如果我能参加大学入学考试，自由地学习，那么我可能成为神学者或律师。”

他曾是个头脑优秀的学生，因此，他的这种想法不完全是妄想。当他第一次见到侄子白斗渊的时候，吸引他的是，白斗渊出身于有学识、有名望的家庭，而且，实际上看起来也是如此。其实从血统上看，他自己不也曾是那种家庭的子孙吗？虽然对侄子很冷淡，但他并不完全讨厌侄子的来访。经济上破产的侄子希望他在金钱上给予帮助，这一点他当然是看出来了的，但他绝对没有在经济上帮助侄子的想法。之前一次都没见过的侄子，是冲着钱来找他的，但侄子对他还保留着上学时候的笔记感叹不已，像个孩子一样缠着他讲述以前的故事，关于他所经历的家事的不幸，对其中的不公平小心翼翼地表示愤慨，甚至还特意找来了有他爸爸的家族旧照片，以示诚意。每当侄子提出困难的请求、或者求助的时候，他就故意剧烈地咳嗽，发出病快快的声音，深深地埋在椅子里。你不是知道我的退休金就像老鼠尾巴那么点嘛，我要是有余力就借给你了，你知道我现在一个亲骨肉都没有了吧，除了你，一个都没有了。这种留住侄子的方法，其要领他已经熟悉了。虽然侄子没有直接说，但他清楚，侄子最近离了婚，其原因就是过度的银行负债。因为利息问题，侄子非常焦虑。在他看来，侄子有着天生的无业游民气质，与责任感或认真劳动有着很大距离。侄子的投资全部失败，在连家人或兄弟也不能继续依靠的情况下，来找他了。否则，侄子是绝对不会特意来到脏乱巷子里的当铺的。

“是，是的。我得到了属于我的那一份，所以不会有心里压着石头死去的事情，那当然。”

他就像要使自己确认或者被人强迫一样，又小声地嘟囔了一遍。厨房与入口相接，没有门，不太通风，所以，不久前锅里煮的食物和调料的味道渗透在墙壁、家具、铺着地板革的地板和糊着纸的窗缝等各个角落，令人作呕。房子和隔壁家的间隔还不到一米，打开窗户的话，隔壁家的厨房就直接呈现在所谓的“鼻尖前”，那里传来旧排气扇旋转的噗嘟噗嘟声。他真的合理地得到了属于自己的那一份吗？

“也有些家伙说我运气好，白斗渊那个家伙也那么说，因为我只是个被悲惨地、贫穷地抛弃的孤儿，多亏舅舅，我没有饿死，活了下来，这是事实。否则，我就会在孤儿院或巷子里被打得死去活来，长大之后，我的人生充其量也就是个小贩或零工。舅舅是个天主教徒，至少没有打我，但没有人问过我，我真正想做的是什么。虽然那也是很自然的。”

他的外貌用一句话总结，就是相貌平平。他个子小，这一直是个问题，但问题不止于此，还有消瘦、高低不平的额头，颜色浅、数量少的头发和眉毛，又小又细的眼睛，扁平的鼻子和略弯的背。他的脊柱有问题，但谁都没有发现，他就那样一直忍受着身体左侧的疼痛，甚至在用左侧肢体提重物或使用左侧槽牙的时候，他也会感到疼痛。在整个成长期，他都用右侧的牙吃东西，所以他的脸上，下颌骨严重地左右不对称。女人都不喜欢他，虽然这是可想而知的。他是个商业夜校的学生，还是个丑人，仅这些就可以成为充分的理由了。他发出的信老是被拒绝，甚至连有深厚信仰的女生们也不把他当男人看。他还想继续学习，只要具有最低限度的条件，无论学什么他都有自信，能找到的书他都读过了，还自学了外语，也偷偷沉浸在对未来的幻想中。对他来说，除了拥有当铺，他的人生没有得到其他任何机会，上大学之类的想法从最开始就是妄自尊大的。他有眼力，人也很机灵，眼神中充满了能够快速察觉生存机会的狡猾劲儿。他并不非得隐藏自己的狡猾，因为他心里有个叫做“憎恶”的深渊，那是绝对不能暴露出来的，所以他表现出的全部，只是一点蝙蝠式狡猾或者平庸的商人气。他憎恨那些轻蔑他的人，那些嫌恶他或不把他当做男人的所有女生，那些对他淡漠，甚至都记不起他的人们。自己分明有才能，却因为生存问题当起了看当铺的，将才能全部放弃，他憎恨这样的世界。仔细想来，其实养育了他的只有憎恨。他憎恨总统、国会议员或大学教授等有体面工作的人，还有那些像傀儡一样尊敬他们的、浅薄无知的公众。他憎恨所有拥有选择余地的人。

“我是个奴隶，是个被卖到天主教徒家，像一团行李似的异教徒奴隶。那样的奴隶会怎么样呢？会接受洗礼吧，并且得到新的衣服和名字。”

他咯咯笑了一会儿。他得到了新的衣服和名字，他成了高利贷商。如果处于战争时期，他也许会去战场，如果失火，也许会被叫去灭火。玻璃门外，一个大个子男人的影子在晃动，是白斗渊。他走进屋里，穿着湿雨衣，戴着帽子，还拿着雨伞。

“叔叔，下雨了。”

白斗渊一进屋，屋子里好像一下子就满了。他的房间很小，走五六步就能碰到四周的墙。白斗渊还不太习惯，摘下帽子，别扭地坐在客厅兼厨房里的小椅子上。

“是吗？我不知道。噪音本来也很大。”

“总关着窗户，对身体不好。”

“我没事。”

话断了一会儿，没有任何共同点的两个人保持着沉默。白斗渊喝着拿过来的热茶，虽然在来之前，白斗渊准备好了要对他说什么、不说什么，但一旦被突然关在狭小的空间里，就无法阻挡心情变得不自然、抑郁。

“您在读书啊。”

白斗渊看到桌子上放着一本日文版的《人类的命运》，终于像放下心来一样，高兴地问道。白斗渊不懂日文，但很久以前读过这本书的韩文译本，但遗憾的是，具体内容一点都不记得了，不仅因为过去了很久，也因为白斗渊对那本书没什么深刻印象。

“这是很久以前的书了。好厉害！”

白斗渊翻着泛黄的书页感叹道。

“整理以前行李的时候发现的，是我在高中读过的书中的一本。”

“太厉害了，厉害！”

白斗渊焦急地反复着。

“您在哪弄到这样的书的？”

“在旧书店买的，那时候日文版的书籍还很多。”

“这样啊。”

白斗渊点点头。他的“这样啊”的意思是：所以叔叔的“意识”就像马尔罗或斯坦贝克一样老套，它停留在过去的某一时间点，带着固定的化石形态；一个因为贫穷，只体验到狭小得不能再狭小的知识空间，有着很强自我意识的固执少年，对于他来说，读书本身就是个危险的壁垒，会成为持续一生的毒药；一个要求难以被满足，十分压抑，在叫做“现实”的泥沼里无可奈何的、羸弱不幸的十几岁少年，对于他来说，只是几本书就能够带给他过多的影响；其影响在经验越少的情况下，越会像火花一样强烈，将他们变成那种我们常说的“读过一本书的傻瓜”；例如，如果叔叔当时没有读过这样的书，他也许会变得自由得多；如果叔叔的读书和对知识的探究，能够持续下来，并得到正确的引导教育，那么现在，叔叔也许不会为了炫耀自己的知识性情，又从仓库中拿出很久以前的书，神气地打开它了吧……他的“这样啊”，包含了所有这些想法。白斗渊又说了遍“这样啊”，使劲点点头。

“现在叔叔您也退下来了，回到一面调养身体一面读书的生活也挺好啊，不是吗？叔叔真是度过了不幸的时代，带着战争和不发达国家的历史生活过来，所以现在有享受安逸的权利。‘历史的贫穷’，叔叔那一辈经受的贫穷不就是可以那样定义吗？可以想象，人们像有使命感一样，肩负起贫穷。在那基础上，还可以再附加上个人性格，也就是说，会有人体会到比别人更多的痛苦，那就像是，对知识的渴望程度每个人都是不同的，贫穷带来的耻辱也存在着个人差异。”

白斗渊用手帕将湿头发适当捋好，小心翼翼地，分明是想小心翼翼地开口说话，但不知不觉间，他过于认真地扯了过多的话，露出了天生演说家的面目。那不是因为白斗渊冒失，而是因为经过几次见面，他们各自认为很了解对方。白斗渊知道，他虽然狡猾、疑心重，但只要不碰他那“历史上被损伤”的自尊心，对于其他种类的谬误，他会变得宽容。

“哼，历史的贫穷？使命感？是的，他们会像牧羊人一样把我逼进战场吧，就像对我爸爸那样。家族？把只不过是个高利贷商的我叫做亲戚？虽然内心其实只把那当做羞耻，这时候倒是挺能扯的。”

他抬起像山羊一样的尖下巴，看着白斗渊这样想道，但并没有说出口。说了有什么用呢。白斗渊并不是个像他自己想的那样，能够代表自己所属的那个世界的人，他只不过是一条只会花言巧语的米诺鱼。他挡着冒出的咳嗽，咕嘟咕嘟喝着大麦茶。如果没有舅舅，也许他会成为乞丐，大家都说他运气好，那种话他这辈子听得耳朵都发热。如果他说想学习神学或哲学，那大家会觉得他疯了。在他做当铺店员的时候，舅舅一分钱都没给过他，他的生活状态总是两脚分别踏在被赶到街上和成为夏洛克那样的角色中。他自己什么都没得选择，一生都没能拥有自己热爱的东西，一次都没有。如果把这想成是避免了饥饿和沦为最底层的代价，也不算错。

“但谁都无法阻挡我的憎恨。”

他用散发着朦胧光泽的浑浊眼眸看着调低了度数的电灯，嘿嘿笑着。白斗渊看着他的样子，怀疑他到底知不知道，还有自己也一起在这个房间里呢。健康一天比一天差了，虽然他年纪不是很大，但看起来要比实际年龄老上十岁，脸色也不好，他的眼珠有时会让人感觉仿佛有些失神。

“叔叔，我上次跟您说了吧？就是家具店，想给您看看。叔叔您也知道，现在欧洲古董很受欢迎，但由于刚开始没多久，我认为要步入正轨还需要一点时间。经营商店的人是我很久以前的大学同学的夫人，很可怜的一个女人，她和丈夫出了些问题分手了，现在自己抚养孩子。人们常说‘发生了让人难以置信的事’，正是那样的事发生在她的身上。但是，现在说那些事也只不过是抚摸死去的孩子，都是没用的。反正家具店是那位夫人经营的，我也投了点钱，正在就经营方面提供些意见什么的。问题是，她完全没有相关的经商经验，我给她介绍了几个朋友，想让他们帮忙，但不管怎样，还是有个把生意当做自己事的联合经营人更有帮助。叔叔您怎么想？那个店不仅经营新家具，还有二手古董，因为她更喜欢看起来不太新的东西。叔叔如果提供帮助，或者出一点点资金，那么也会给叔叔带来利益，反正钱不就是要投资的吗？当然，现在那商店没有问题，也有些人在小心地询问投资的事。但问题是，我们需要像家人一样可信，还能在经营方面提供专业帮助的投资人。您见见她，然后考虑一下吧……但是不强迫您，其实那又不是我的生意，但研究一下也没坏处吧……”

“别说别人的女人和孩子，说说你把孩子们都扔哪去了吧。”

呆坐着的他，突然用犀利的语气打断了白斗渊的话。白斗渊陶醉在自己的讲述中，瞬间被吓得差点从椅子上腾地站起来。白斗渊都没发现他在仔细听自己说话。他总是吓人一跳！白斗渊很紧张，边舔着干嘴唇边想。

“孩子们在纽约呢，和他们的妈妈在一起。其实我打算下个月去看孩子。我和孩子妈妈之间关系不太好，抚养问题还没有完全定下来。孩子妈明明知道我现在不太宽裕，还提出无理要求，她以为哥哥们和爸爸会帮助我。小孩子在衡是唯一的孙子，所以那么想也不过分，但将孩子们作为武器来要钱的样子太难看了。反正我没有扔下孩子们，只是跟孩子妈妈有点意见不合而已。”

“那对于孩子们来说，也处于需要完整家庭的时期啊。”

“虽然那是孩子妈和我唯一意见一致的方面，但更多的解决迹象，嗯，很让人头疼啊。但那是我的责任，不能否认。婚姻失败，无颜见人啊。”

“那你还说名字叫什么的朋友的夫人，要和她开卖古董还是什么的商店。”

“那是生意啊，做生意，business。”

白斗渊想，让旧式老人对事情全部理解是不可能的。他断了念头，想迅速转移话题。

“所谓贫穷的孤儿，我就是那个样子，长大以后也绝对不会忘记。无论在街上还是在家里，都有冷风吹过，到处都找不到屋顶之类的东西。巴掌大的炕头是唯一有温度的地方，回到家，那炕头的被子里已经挤满了十只脚，于是我的两只脚就伸不进去了。”

他像念独白一样嘟囔着，也许本来就没想说出来。贫穷的孤儿！谁贫穷，谁是孤儿？白斗渊觉得他有些精神错乱。他想沉浸在现在的独白中，似乎已经忘了白斗渊还在那里。白斗渊听说过，他经历了艰难的青年时期，但那本身已经是过去的事情。他的爸爸年轻的时候战死了，那不能怪任何人，每个人都具有天生应该承担的那份责任，否则，这世界的历史与工厂里制造出的大量统一加工品有什么不同呢？

“我想成为神学学者，还学了拉丁语，呵呵，但我只能去商业夜校。即便如此，能去那里上学也得谢天谢地。虽然父亲战死了，但在证明文件上，我并不是他的儿子或什么，所以老鼠尾巴那么点的补偿金也没法得到，我被强迫着认为，没有饿死就谢天谢地了。我从舅舅那里得到的是当铺，还有对表兄弟们欠下的巨债，几乎一辈子我都在对他们还债。即使那样，在他们眼里，我仍然一直都只不过是个像小耗子一样的存在。也只能那样吧？因为我只不过是一个没有任何权利的贫穷孤儿，像我这样的孩子，只能拥有贫穷和变得低贱的权利。不知道你能不能理解。”

“虽然能理解，但无法认同叔叔的那种态度。”

白斗渊不屑一顾地回答道，他将作为私生子和战争孤儿的悲惨过去，与如今在纽约教会私立学校上学的白斗渊的孩子放在一起说，这本身就让白斗渊感到非常不愉快，那一切，只是因为孩子们在由单身母亲抚养。老一辈的有色眼镜真是没办法，而且他还是个一辈子都狭隘地生活的老顽固。

“叔叔，现在已经到了该从被害意识中走出来的时候了，上次也跟您说过，叔叔经历的过去的事情不是您个人的问题，当然，这不是让您无视那些东西，但您应该能够承认和直视超越它的其他力量。即，历史的共同性，您应该从那个角度去理解。在过去的半个世纪中，我们一次都没有从贫穷和家族不幸的主题中解脱出来过，都在说着我们共同体的历史。艺术、哲学、所有大众的话题，还有不知何时起，‘遗憾’占据了我们的情绪。不幸总是以个人为单位经历的，因此，只被看做个人的痛苦，但其实那是具有时代性的东西。举个例子，在神的面前，个体的人虽然不能特别幸福，但同时也不会特别不幸。贫穷的国家经历战争，然后为了从贫穷和不发达中解脱出来，所经过的困难时期的总和，只是一个叫做‘历史’的冷漠视角，就像叔叔您一度信奉的宗教一样，人类也应该超越个体层面，去理解其背后无法看到的东西，不是吗？在人类的所有历史上，即使任何人都不带有恶意，还是会有不幸的人存在。我没有亲自经历过战争，这么说可能有些不知天高地厚，但我想说的是，时代并不是想要通过那样的历史性事件，特别地排挤您。您不会觉得没有人比您更不幸了吧？也就是说，个别人的情况不是判断所有价值的尺度。孤儿，或者穷人，那样的东西现在都忘掉吧，叔叔您再也不是孤儿，也不贫穷。但是，您为什么呢？到底为什么要纠缠于过去的记忆呢？对身体也不好啊。”

“不知道该从哪接话了，历史……”

他抬起颤抖的手将壶里的茶水倒进杯中，在他心里，沸腾着比疾病更严重的东西。什么，竟然说不是个人问题，而是历史问题？因为那是时代的不幸，所以过分吵嚷只是卑鄙地装疼，是这个意思吧？你说，因为那是所有人都贫穷的时代的事情，所以怀有愤怒是不正确的。

“再喝点茶水吗？孩子？”

他的声音听起来像平时一样平静。白斗渊掏出手帕擦擦额头的汗水，他突然对这个比实际年龄看上去更老的高利贷商感到了同情与轻蔑。也许，他马上就会死了，没有留下一个家人，没有一个真心爱他的人，就那样孤独地死在保险柜旁边吧。他的生活只是一辈子都没有摆脱巷子当铺柜台的臭气，除了这，什么都不是。也许他会比白斗渊活得更长，不是也有那样的人，可以咬着牙、只通过不服输和韧劲就能比别人坚持更长时间吗？白斗渊的视线停留在他那像变质了的鱼一样的脸和黄黄的眼珠上。他的妈妈以姑娘之身怀上了他，为了堕胎作践了身体，所以他从一出生身体就不好，而且小时候严重营养不良的后遗症伴随了他一辈子，但用白斗渊的话说，那不是局限在他一个人身上的特殊情况，但他所有的历史现在都成为过去了。引起老一辈憎恨的情况只发生在他们不想放弃手中掌握的权力的时候，否则就只会被遗忘。也许他吝啬的理由就在于，想通过与钱有关的力量来确认自己的存在。总之，可以说他属于运气好的。他出生在很多孩子在街头饿死或乞讨的年代，褴褛的衣衫、失业、饥饿、封闭的意识，还有为了吃饭扔掉尊严的事情都很常见。白斗渊认为，像他爸爸那样死在战争中，也是那个时代无法避免的事情，没有必要特别地抱怨。

“我没有钱，没有足够的钱，借给表兄弟没还回来的钱有很多，我已经放弃去算了。炒股受到了损失，我只能用出租这房子的钱勉强生活。现在向这个生病的羸弱老人说着税金什么的，想拿走钱的人很多啊。我没能存下足够的钱，为了防备变得更老和生病，现在也得减少支出了。”

“怎么那样说！要说您是老人，经过的狗都要笑了。叔叔现在刚过五十，您知道现在人的平均寿命是多少吗？退下来后，还可以再工作二十年，这是最近的平均状态。而且以叔叔您的财产，没有必要过于消极地想将来的事情。”

“我这辈子一次都没有按照自己的内心自由地生活过，这成了心病，所以老成这样了。看看我吧，有什么高兴的，有什么欢喜的，到现在也无法改变，整个人世间只是个幻灭和丑陋的面团而已。”

“叔叔，您还是没有醒悟，现在您马上就可以做想做的事情。比如，如果您愿意，可以从这个洞穴般的黑房子里走出去，去温暖的南方旅行，也可以每天晚上坐到演出场地的一等座位上，还可以尽情读书、学习、上大学，谁会阻拦呢？您不要那样把自己关在监狱中，那种方式的归隐，目前不酷也不流行，甚至现在修行的僧侣都不像您那样生活。叔叔的一生绝对没有结束，您要知道这一点。”

“我本来能够成为圣托马斯·阿奎纳，但现实中的一切条件都不允许，如果不能成为那样的人，就只能成为邪恶的虫子。按照你说的，那不都是历史的责任嘛。”

“嗯，是的。但叔叔的结论性思考并不科学，有些极端啊。那个，我也不是一定想指出那一点，我知道，关于历史性的事件，那些处于不发达时期或专制政治之中的人会更容易将其拉向个人视角。我认为，浪漫主义视角正是在那样的影响中产生出来的，所以说，反而是经历过战争的一代人会将它珍藏为眼泪或愤懑，经历过贫穷的人还会将它想成乡愁或一代人的精神食粮。所以，也许客观评价总是一项需要花费时间的工作。不管怎样，所谓的历史不适合只停留在对个人不幸的抱怨上，因为那样的个人历史，就是韩国的历史，是我们肩负和留传下去的遗产。那是以时间为媒介，在我们所知的范围内，最接近永恒的存在。不是吗？战争、外国势力、分裂，一切都是。虽然它使您成为孤儿、使您贫穷，但我们不能否认它，因为我们的今天其实就是从那里孕育出来的。因此，我们对待历史应该正直、忠实，那不是幸运与不幸运的层面。也就是说，不能用个人的安乐或眼泪来界定。个人在历史面前也有各自的责任，所以，在孩子的脸上能够看到未来。叔叔虽然经历了战后的艰难时期，但现在我们的孩子们，我们的后代会在更加光明的未来中生活。您不那么想吗？叔叔，您是比我这样的人富有数十倍的富人，不是吗？”

无论如何，白斗渊都想安慰他。而且，在白斗渊的话中，至少最后的部分也是事实吧。白斗渊朝他俯下身，看着他的眼睛说道。他半闭着眼睛点点头。

"孩子们……"他低声嘀咕。

"你的孩子们……是吧。"

但他在想其他事情。在他从商业学校退学之前，在他还是个喜欢读书的、身体不太好的胆小学生的时候，在世界给予他的恩惠只有几本书的时候，他曾用颤抖的手翻过了那一页。

在学校的时候，他不是个体面的学生，两天就旷课一次。因为他的妈妈为了能舒服地喝酒，自己的事也让他来做。他曾在工厂里做过体力工作，曾是个痞子，在军队里一直过着被关禁闭的生活。另外，他参加过第一次世界大战，受到过毒气的伤害。到底是为了谁？因为什么？为了祖国？但他不是比利时人，什么都不是。只是个惨遭蹂躏的人。

"对孩子们好点吧。"

虽然这么说，但他没有再看白斗渊。即便那是很久之前读过的段落，但那一直留在他心中。白斗渊的话是虚的，对他没有任何说服力。他没见过白斗渊的孩子，以后也不会见到。他对白斗渊的孩子没有感情，也不关心。在他那时的记忆中，他脱下套在校服里的破内衣，送给了在一月的严寒中瑟瑟发抖的他们。他一次都没穿过外套之类的衣服，未融化的雪从旧运动鞋的缝隙中渗进来，潮湿的脚趾好像要掉了一样。那时，接受他内衣的他们正在流浪中，站在学校前面的桥下。少一个胳膊或一条腿的人们，无家可归的人们，因烧伤而脸腐烂的人们，在他旁边用深陷的眼睛俯视着黑色的结冰的小溪，他们都曾是参战军人，战争之后家人分崩离析，或者已经死去，现在过着流浪汉的生活。他们沉默地站了一阵子，然后开始移动了。他不知道，他们要去哪里。要不离家出走？他看着他们的背影想道。但是，恐惧马上就袭来了，那时候感到的恐惧的记忆使他瞬间开始发抖，那不只是对饥饿、寒冷、孤独的恐惧，即使离开家，在这个将他们逼进战场的土地上，也绝对到不了完全不同的地方，他是对此恐惧。为什么白斗渊想通过空虚的讲演，将绝对不引以为豪的他置于像自己一样的历史群体中呢？运气好？什么是韩国的历史和遗产？他们没有共同点，他们一刻都没有处于同样的“历史”中，以后也会是那样。孤儿与不是孤儿的人，私生子与不是私生子的人，扭曲的人和不扭曲的人。他到死的那天也会倾尽最后的力气冷笑，他一辈子都不是韩国人，什么都不是。只是个惨遭蹂躏的人，只是那样。

作家的话

1. 如果认为读小说就是跟随主人公展开一段旅程，那么对这样的读者来说，这本《星期天日式火锅餐厅》会是一部让人非常失望的小说。遗憾的是，对这些读者，我没有什么可以做的。

2.《星期天日式火锅餐厅》的创作经历了相当长时间——和我平时的风格非常不同——写作中很多情况都是，结束一部分之后，在几乎快忘了它的时候开始写下一部分。在本书的写作间隙，光是我明确记得的，就写过两部以上的书和短篇小说。可以称之为“周围的现实环境”也有了很大变化。就像我写其他文字时，普遍采取的风格那样，没有刻意保持一贯的氛围。可以说，写作本书最直接的动机就是贫困，即最明显的贫困——个人经历的贫穷或窘迫所带来的痛苦，还有现在最重视的、相对剥夺感所带来的敏感自爱的致命性心理伤口等。从某种角度来看，现在看起来好像贫困不存在了，就是说，如果在一般的情况下，贫困不再是重要的普遍性话题。但如果说起我的情况，就有些不同了。到目前为止，我在见过或者没有亲自见过的所有人中，都读到了贫困。经历过贫穷的人，或者没经历过的人，也是一样，甚至可以说，除了贫困之外，从每个人身上读不到任何东西。如果极端地断言的话，包括我自己在内，我从来没有见过不贫困的人。那成为了最初的主题。当然，我的视角不是有普遍性的视角，我承认这一点，如果所有人都只应该写“有普遍性的东西”，那我也许是错误的。我还从一位专家那里听到这样的箴言，“如果你那样做，那么真正贫困的，在这世界上只有你一个人”。但是，对于我来说，那也没关系。贫困的范围在渐渐变宽，它的界限变得模糊，概念变得多样，好像社会越进步、越复杂，贫困就越随之膨胀，甚至逐渐成为看上去很抽象的东西。那种贫困的形态，在我写这本书的时候一直刺激着我，同时也暗暗地令我产生了荒谬的欲望，我想与贫困一样，永远不结束这部小说。但我没能如此。这是第二件憾事。

3. 写完《星期天日式火锅餐厅》没过多久，出现了一个让我怀有热情的爱好。那是一件非常鼓舞人心的事情，而且也是件相当罕见的事情。我想拥有书籍，能填满一个房间的、很多的书，当然是我所喜欢的那种书。为此，首先要买书——我几乎没有书——要有能保管书的书柜，还要有类似书房那样的空间，最关键的是，还要有买书、读书和选书的充裕时间。从第一个条件开始，我就要经历困难，而且，我一个书柜都没有，能当做书房的空间只有卧室里的一个角落。刚一出现那样的欲望，众多想法就在我脑海中盘旋。我扔掉了许多书，不，几乎扔掉了所有的书，那是因为我对那些书并没有痴迷，而且，很长一段时间里我的生活都不稳定，总得搬家，还因为大部分的书都不是我亲自购买的。但最重要的是，我对此没有热情。我还记得，我于1979年买了金学俊写的《苏联革命史》。当时虽然不是很理解，但也认真地看到了最后。那本书我保留了很长时间，但最终还是在1994年的一个炎热的夏季夜晚，与其他书和冬季的被子一起，被我扔进了商住楼的垃圾投放口下面。跟我住的房间大小比起来，我的行李太多，每次搬家，书都是大麻烦。也许，我有完全不要依恋书之类的外在物品的冲动性决心。因为不稳定的生活刚开始不久，所以也可能有些神经质。如果没有被子，要如何在没有暖气的楼里过冬？对此，我稍微担心了一下。但对于书，我却没有丝毫留恋。所以我的《苏联革命史》那样消失了，虽然那上面用中学生的字体写着名字、购买日期以及购买地点——诚信女子大学门口的书店，还包了塑料书皮。现在这本书应该买不到了，但即使再买到，也不是1979年我买的那本了。

不久前，我在书店看到了《与书一起生活》，是一本用来装饰书房的装修图片集，里面充满了各种看起来很漂亮的书房样板，是那种能使主人看起来是个既富有又有知识，同时感受力也很丰富的人的书房。但是，首先吸引我的并不是那些图片，而是那本书的题目。“与书一起生活”！不是与人或狗，而是与书！那时我感到自己又回到了1979年，在那一年买的书中，现在还保留着的只有鲍里斯·帕斯捷尔纳克写的、封皮都掉了的《日瓦戈医生》。在疯狂失控地将所有东西全部扔到垃圾投放口下面的那段时间中，我不太理解为什么一直保留着这本书。1979 年我买了两本书，仅从这一点来看，对我来说，那一年都是很有意义的。而且，在去年圣诞节，我收到了当作礼物的电子书，那本书的题目是《1979》。当然，在那本书中，1979 年是伊朗革命爆发的一年，相爱了很长时间的同性恋人死在德黑兰巷子中脏乱的医院里。但是，在使我重新怀有热情的物品中，似乎也包括瑞士作家克里斯蒂安·克拉赫特（christian kracht）的《1979》。

跋

《星期天日式火锅餐厅》这本书始于几年前被拒绝的一篇稿子，那是一家公司的对外公关刊物约我写的短篇小说。由于在对方公司里，认为它不适合那本杂志的意见占了主导，因此没能刊登。那是《星期天日式火锅餐厅》的第一章。负责约稿和退稿的编辑表示很抱歉，多次说明了详细情况，他不想使作家伤心的态度还历历在目。我完全没有因为那件事伤心，虽然无论怎么解释对方都不相信，我之所以不伤心，是因为被退稿并非第一次，也不会是最后一次。在某种程度上，这是可以预想到的事情。那时，我在考虑以那篇稿子作为开始，写一部非连续性故事的小说。那之后，《星期天日式火锅餐厅》在一个网站上连载了好几年。还有，最近一次稿子被拒的情况是，我受托作为师姐，为大学新生写一篇简短的（其实就是问候性的）文章，我非常认真地写完后，比截止日期提前很久就发了过去，但遗憾的是，又被拒绝了。当然，负责人总是煞费苦心地想表现得亲切有礼。这让我产生了一个想法，既然如此，不如把被拒的稿子聚集起来，某一天也会达到一本书的分量吧。

2003 年 3 月
于柏林马察恩（Marzahn）
裘琇我

图书在版编目(CIP)数据

星期天日式火锅餐厅 / (韩) 裵琇我著;孙鹤云译.
—上海: 上海译文出版社,2016.7
ISBN 978-7-5327-7286-5

Ⅰ. ①星… Ⅱ. ①裵… ②孙… Ⅲ. ①短篇小说—小说集—韩国—现代 Ⅳ. ①I312.645

中国版本图书馆 CIP 数据核字(2016)第 126060 号

本书由韩国文学翻译院资助翻译及出版

韩国文学翻译院
Literature Translation Institute of Korea

图字: 09-2015-195 号

星期天日式火锅餐厅
[韩] 裵琇我 著 孙鹤云 译
策划/陈一新 责任编辑/王洁琼 装帧设计/胡 枫

上海世纪出版股份有限公司
译文出版社出版
网址: www.yiwen.com.cn
上海世纪出版股份有限公司发行中心发行
200001 上海福建中路 193 号 www.ewen.co
上海颛辉印刷厂印刷

开本 890×1240 1/32 印张 8.25 插页 2 字数 122,000
2016 年 7 月第 1 版 2016 年 7 月第 1 次印刷
印数: 0,001—3,000 册

ISBN 978-7-5327-7286-5/I·4436
定价: 33.00 元